AF481445

Autres ouvrages

Aux éditions Publibook

À l'aube du soleil vert, 2003
La Fleur bleue, 2004
Attention ! Un train peut en cacher un autre,
2005
El Matador, 2005
De lettres en lettres… Année 1912, 2006
Journal personnel et intime d'une nouvelle
Zingara, 2007
El Matador 2, 2013
La Citadelle des Dragons, 2014
Le journal de Lorelei, 2014
El Matador 3, 2015
De lettres en lettres… année 1925, 2015
La fleur de l'ombre, 2016

Éditions Indépendantes

Une histoire de coquelicot, 2017
La citadelle dans la montagne, 2017
Les carnets de Lou-Anne, la Louve, 2017
El Matador 4, 2018
Sans relâche, 2018
Les Citadelles T1&2, 2018
El Matador : l'intégrale, 2018
Les carnets de Lou-Anne, La Questrice, 2018
Le journal de Lorelei, 2019

Sans peur et sans reproche

Isabelle Morot-Sir

Les héros ont notre langage, nos faiblesses, nos forces.

Leur univers n'est ni plus beau ni plus édifiant que le nôtre.

Mais eux, du moins, courent jusqu'au bout de leur destin.

Albert Camus

Chapitre 1

Même les rencontres de hasard sont dues à des liens noués dans des vies antérieures… tout est déterminé par le karma. Même pour des choses insignifiantes, le hasard n'existe pas.

Kafka sur le rivage (2002)

Haruki Murakami

Un gros choucas survolait la vallée encaissée, à moins que ce ne fût un faucon. L'oiseau était trop haut, à peine un point obscur dans un ciel d'un bleu presque trop lumineux, pour que quiconque puisse certifier son identité. Peu importait, profitant des courants ascendants, il planait sans effort, inclinant à peine ses longues rémiges, son regard braqué sur le moindre mouvement dans les broussailles en contrebas. Une garrigue épineuse dévalait depuis la route en lacets jusqu'à une rivière qui ondulait tout au fond. Rien ne pouvait échapper à sa vigilance, pas même un vieux 4X4 au châssis rehaussé qui lui donnait un faux air de vétéran de raid. D'ailleurs, il abordait les virages dans cet état d'esprit !

Le rapace n'y accorda aucune attention, se concentrant sur l'infime tressaillement produit par un campagnol un peu trop actif à cette heure du jour. La voiture, elle, poursuivit sa route ; deux mondes parallèles se croisant et s'ignorant.

La Jeep, conduite avec un mélange d'habileté et d'audace maîtrisée, affrontait la route escarpée avec une avidité enjouée. Pourtant, à la sortie d'une longue courbe, un triangle posé sur le bas-côté et, plus loin, la lumière intermittente d'un gyrophare la firent ralentir. Elle s'immobilisa tout à fait lorsqu'un pompier, en veste et treillis bleu marine à bandes réfléchissantes, se planta au milieu de la route et, levant la main, lui fit signe de stopper. Il s'approcha d'un pas vif tandis que la vitre se baissait, laissant filtrer une musique qui ne pouvait qu'être du métal. Il se pencha afin de s'adresser plus aisément au conducteur. Cependant, ce qu'il aperçut en premier ce fut deux cuisses fuselées, joliment dévoilées par une robe pull un peu courte. Un sourire le cueillit alors qu'il remontait au long de la délicate silhouette, agréablement moulée par le lainage beige pâle. Une main fine tourna le bouton du volume, réduisant la musique à un simple chuchotis de basses.

— Bonjour ! Que se passe-t-il ? s'enquit une voix, dont le timbre à la fois vif et mélodieux le déstabilisa. Il mit une fraction de seconde avant de répondre, lui renvoyant un sourire plus large que professionnel.

— Un accident entre deux véhicules vient juste de se produire, les deux voies sont bloquées. Donc, pour l'instant, mieux vaut que vous fassiez demi-tour. La gendarmerie ne devrait plus tarder et installera une déviation.

Dans un geste contrarié, la jeune femme grignota l'un de ses doigts aux ongles courts, dépourvus de bague ou de vernis. C'était assez étonnant pour s'y arrêter. Elle hocha toutefois la tête, faisant flamboyer ses longues mèches rousses.

Presque à regret, il la salua et partit répéter son petit discours à un C15 cahotant, qui venait d'arriver. Ce dernier ne tarda pas à tourner, alors que la Jeep n'avait toujours pas bougé. À la fois intrigué et stupéfait, il vit la conductrice sortir de sa voiture, ou plutôt sauter sur l'asphalte afin de s'avancer jusqu'au bas-côté. Là, elle considéra la montagne avec une sorte d'intérêt, la tête rejetée en arrière, ses longs cheveux d'un roux profond descendant en cascade jusqu'à ses reins, soulignant ainsi la courbe douce de ses hanches. Elle parut réfléchir, puis remonta d'un air décidé dans son 4X4. Elle enclencha la marche arrière afin de faire face au talus qui montait à l'assaut d'une prairie. Le pompier, effaré, comprit aussitôt son intention. Il s'élança en courant, rattrapant le 4X4 qui cahotait en s'élançant vers la côte. Il se planta devant la voiture, s'appuyant sur le capot, forçant la conductrice à s'arrêter. Elle pila. Une fois fait, il s'avança jusqu'à la portière, éberlué et quelque part admiratif.

— Vous pensez faire quoi là ? s'exclama-t-il.

Elle lui retourna un coup d'œil affirmé, comme si c'était une évidence et qu'aucune question ne se posait. Montrant son GPS, elle expliqua d'un ton posé :

— Comme vous le voyez, il y a un chemin qui passe juste là, au-dessus de cette prairie puis redescend sur la route bien après votre carambolage. J'ai un rendez-vous très important au restaurant *La Grenouillère* qui est à peine à dix minutes d'ici, alors je ne vais pas faire un détour de plus de cinquante kilomètres. Pour quoi ? Être en retard ? C'est idiot !

Il ouvrit la bouche pour répliquer, mais elle poursuivit d'un ton plus ferme :

— Je vais donc grimper cette minuscule et insignifiante côte. Si vous me laissez passer et si, d'ici une heure, vous venez par hasard à *La Grenouillère*, je pourrai sans doute vous offrir un café…

Elle plongea son regard clair, d'un vert doré presque velouté, dans le sien. Il perdit tous ses moyens. Il se maudit, sachant qu'elle ne faisait qu'user de son charme, le pire étant qu'il avait tout à fait conscience de la manipulation. Cependant, il eut beau se redresser et détourner son regard, il savait qu'il était cuit et qu'il capitulerait. Il tapota le toit de la Jeep, maugréa un bref « Allez-y » avant de s'écarter afin de l'observer grimper le raidillon. Elle lui lança un sourire étincelant qui le remua bien plus qu'il n'était nécessaire. Enfin, démarrant son moteur, elle s'élança. En quelques minutes, l'ancienne Jeep avait franchi la difficulté avec une résolution opiniâtre, qui démontrait un vrai talent de la part de la conductrice, outre des compétences techniques.

Intrigué sur bien des points, il retourna sur les lieux de l'accident afin de collaborer avec les gendarmes qui survenaient enfin. L'esprit néanmoins plus préoccupé par la ravissante rousse que par autre chose. Pas une seconde il ne se demanda s'il irait au rendez-vous qu'elle lui avait proposé. Tout ce qu'il pensa se réduisit à : est-ce que tout serait fini en moins d'une heure ?

Par chance, les blessés étaient légers et les voitures purent être rapidement évacuées. Il laissa le soin à ses hommes de finir, sautant lui-même dans son véhicule d'interventions. Moins d'une heure plus tard, il se garait sur le parking gravillonné de *la Grenouillère*.

Le restaurant longeait la départementale, niché entre repli de montagne et courbe de la route. Il faisait face à la vallée. La vue, s'étendant en enfilade, se perdait dans les moindres méandres de la rivière qui s'écoulait en contrebas dans un chuchotis imperceptible. Des genêts, exubérants de jaune, poussaient en touffes rêches autour de roches grises de lichen. Le restaurant, lui, affichait la façade rude d'une ancienne ferme, pierre et bois, qui au fil du temps avaient pris une semblable teinte uniforme et minérale. Seule une luxuriante bignone promettait d'apporter une touche de gaieté dans cette austérité. Bientôt, ses fleurs orange en forme de trompettes amèneraient la douceur nécessaire. Pour l'instant, seul l'arôme entêtant des genêts égayait les alentours.

Il gara son véhicule rouge vif à côté de l'antique Jeep, un sourire adoucissant une seconde son regard sombre. Elle était encore là. D'un pas décidé, il poussa la porte et entra dans la salle. Ses rangers poussiéreuses et son uniforme attirèrent l'attention de quelques clients qui le considérèrent avec un mouvement de surprise. La serveuse s'avança vers lui, un brin inquiète. Il la rassura d'un mot. Quand la jeune femme l'aperçut, elle releva la tête, agrippant son regard. Tout en elle était souriant, ouvert, joyeux. Il sentit un poids glisser de ses épaules comme si cette invitation était la réponse à tout ce qu'il attendait. Elle se redressa, renvoyant en arrière ses longs cheveux fauves, illuminant soudain cette journée de printemps, grise et maussade. Elle fit signe à la serveuse qu'il était avec elle. En trois pas, il fut à sa table et prit place sur la banquette en cuir brun lui faisant face.

— Alors cet accident ?

Il haussa une épaule.

— Pas grand-chose, de la tôle et quelques bobos. Et vous, ce rendez-vous ?

Elle lui sourit, but une gorgée de café, avant d'expliquer :

— Oh c'était pour le boulot, mais ça s'est bien passé et ce, grâce à vous. Alors, puis-je vous offrir un café pour vous remercier ?

Il hocha la tête, ne pouvant se retenir de la dévisager avec gourmandise. Son visage aux traits délicats, saupoudré de quelques taches de rousseur, ses gestes à la fois affirmés et doux, le séduisaient plus qu'il ne pouvait le souhaiter. Et puis elle l'intriguait, il devait se l'avouer : sa dextérité au volant de son 4X4, dévoilait une rare force de caractère.

Elle commanda un autre café, avant de se pencher vers lui, ses cheveux, si longs, effleurant son bras.

— Et si vous me disiez votre nom ?

— Lowen, je m'appelle Lowen Le Guen.

— Oh ! Vous voilà bien loin de votre terre bretonne, sergent Le Guen, qu'est-ce qui vous a amené par ici ?

Il releva un sourcil étonné, surpris qu'elle connaisse son grade. Il n'en dit cependant rien, se contentant de répondre en éludant :

— Les aléas de la vie et des mutations, rien de bien mystérieux. Et vous ?

Elle touilla son café, repoussa ses cheveux dans un geste machinal, avant de se lancer :

— Je suis originaire d'Orange, donc pas si loin d'ici et… mon nom est Félix.

Il la dévisagea, hésitant, ne sachant trop quoi penser. Se fichait-elle de lui, ou bien était-elle vraiment sérieuse ? Elle éclata de rire, sans doute habituée depuis longtemps à de telles réactions.

— Oui, je sais, c'est un prénom ridicule ! Mais lorsque ma mère a accouché, mon père venait tout juste de rentrer de mission, il était tellement désarçonné que lorsqu'il a fallu épeler mon prénom à l'officier d'état civil, il était si bafouillant que ce dernier n'a rien compris. Au lieu de Félicité, je suis Félix.

Il se retint de rire, esquissa un sourire tandis que ses yeux dévoilaient la gaieté soudaine de son âme. Cela faisait bien longtemps qu'il ne s'était senti aussi détendu, c'était déstabilisant. D'autant plus déroutant que ce soit en compagnie de cette fille, rencontre de hasard, improbable, et pourtant… Il ne pouvait détacher son regard de sa silhouette délicieusement moulée dans une robe pull-over toute simple, dont la couleur d'un blanc cassé ou d'un beige clair, il ne savait au juste, rehaussait le vert de ses yeux et soulignait la flamboyance de sa chevelure.

Ces derniers mois n'avaient pas prêté à sourire. Alors, il décida qu'il n'allait pas bouder l'occasion de retrouver une part de légèreté. Il la contemplait donc, sans rien dire, captivé par ses manières, par ses gestes qui révélaient une détermination et une âme de feu, sous son allure sage. Sans doute était-elle sportive, ses ongles courts, ses avant-bras fins, mais musclés, en disaient plus sur elle qu'elle ne le réalisait. Sa gestuelle était affirmée avec cependant une douceur sous-jacente que son regard clair ne faisait que confirmer. Il aurait pu rester des heures, plongé dans l'effervescence dorée de ses yeux et bercé par sa voix pleine d'énergie, vibrante de soleil et de vie. Comme observant la scène de l'extérieur, il se voyait, assis de toute sa grande carcasse, son dos tendant le polo bleu marine barré de rouge des sapeurs-pompiers. Il avait laissé sa veste F1 dans son véhicule, ce qui n'était pas plus mal… Il avait suffisamment chaud comme ça en fixant la jeune femme !

Il l'écoutait, esquissait un sourire en la dévorant des yeux : c'était tout ce qu'il pouvait faire, même s'il se trouvait ridicule. Outre son prénom étrange, il se demandait encore si ce n'était pas une blague bizarre, elle était pleine de contradictions qui faisaient monter en lui des flots de questions accompagnés par une curiosité qu'il n'avait plus éprouvée depuis fort longtemps. Il devait se l'avouer, il était beaucoup plus captivé par sa silhouette que par ses apparentes contradictions et tant pis pour son prénom idiot ! La douceur de ses courbes avait tout balayé, le laissant subjugué.

Elle lui posait des questions auxquelles il répondait par monosyllabes, cela ne semblant même pas la déstabiliser. Il se serait battu de paraître aussi rustre, voire stupide, mais pour l'heure, il avait perdu le peu de répartie qu'il pouvait avoir. Elle ne s'en formalisait pas, riant et souriant du moindre semblant de réponse qu'il pouvait fournir.

À un moment, elle jeta un coup d'œil à son smartphone, poussa un court juron entre ses dents, finit son café d'une seule gorgée et se leva avec une grâce qui l'acheva. Elle attrapa son sac, ses clefs, s'écriant à mi-voix :

— Il est presque dix-neuf heures, je dois y aller. J'ai été très heureuse, ravie de vous rencontrer, Lowen.

Elle laissa traîner sa voix une fraction de seconde sur son prénom, ce qui fit bondir stupidement son cœur dans sa poitrine.

À son tour, il se leva en répliquant :

— Je dois y aller aussi, je vous raccompagne à votre voiture ?

Elle approuva d'un sourire qui pétilla jusque dans ses yeux, comme si traverser le parking en sa compagnie était le rêve de sa vie ! Cela le flatta même s'il s'en défendit. Dehors, une nuit fraîche, débordante des senteurs de la garrigue était tombée sur la vallée et la montagne, tandis que, une à une, les étoiles s'allumaient dans le ciel, les astres, projetant leur lumière d'un monde passé sur cette planète perdue dans la voie lactée.

Sans un mot, dans un silence à la fois confortable et tendu, ils se dirigèrent vers leurs voitures respectives, leurs pas s'accordant sans effort, leurs corps se frôlant sans le vouloir ou sans doute sans pouvoir s'en empêcher. Elle ouvrit sa jeep, posa son sac, puis se tourna vers lui, repoussant ses mèches fauves dans un geste d'une sensualité qui l'électrisa. Il déglutit avec peine, se sachant stupide, se trouvant idiot et sans doute l'était-il !

Elle fit un pas vers lui, relevant la tête afin de le fixer dans les yeux, et murmura :

— Eh bien, bonsoir Lowen...

Sans même le vouloir, l'avoir pensé ou prémédité, son corps réagit avant son esprit hébété. Il se pencha vers elle et l'embrassa au coin de la bouche. Elle eut une sorte de mouvement à la fois surprise et troublée. Il se redressa aussitôt, rougit, tout à coup terriblement gêné :

— Pardon, je suis désolé... je ne voulais pas... enfin si...

Plus il parlait, plus il s'emmêlait. Elle éclata d'un rire clair, avant de se hausser sur la pointe des pieds et de poser ses lèvres sur les siennes, en chuchotant :

— Ne t'en fais pas...

La suite, il eut du mal à se l'expliquer. Lui d'ordinaire d'une parfaite maîtrise de lui-même et de ses émotions, ne résista pas. Comme un barrage qui se rompt, il sentit une onde irrépressible de désir et d'adrénaline parcourir son corps. Répondant à son baiser, il la plaqua contre la Jeep, osant enfin poser ses mains sur ses formes si douces. Elle gémit imperceptiblement lorsqu'il releva sa robe en fin lainage. Elle s'agrippa à ses épaules lorsqu'il la souleva avec une facilité déconcertante. Elle était fine, légère, elle ne pesait rien entre ses bras, cependant que sa douceur le rendait fou. Son corps se tendit alors qu'elle retint dans son cou un cri de jouissance.

Ils restèrent quelques secondes blottis l'un contre l'autre, avant que la réalité ne les rattrape.

Avec délicatesse, il la reposa au sol. Elle rajusta sa robe d'une main malhabile, tout en tâtonnant à la recherche de sa petite culotte égarée. Ses doigts tremblaient, son cœur battait la chamade. Outre le bouleversement de ses sens, elle ne savait plus quoi penser, son cerveau semblant tout autant flageolant que ses jambes.

Les pensées en déroute, elle n'avait qu'une solution : une fuite rapide et sans condition !

Alors qu'elle ouvrait la portière de sa voiture, il se pencha vers elle, effleura son visage, dégageant l'une de ses mèches bousculées par l'aventure.

— Donne-moi ton 06 et…

Elle ne lui laissa même pas la possibilité d'en dire davantage. D'un ton sec, elle jeta à mi-voix un « non » ferme, tout en sautant dans sa jeep. Il retint la porte qu'elle s'apprêtait à lui claquer au nez, son regard noir brillant d'une incompréhension totale :

— Mais pourquoi ?

Elle se mordit les lèvres, saisit sa ceinture, la bouclant dans un clic qui résonna dans le calme de la nuit.

— Je ne peux pas, Lowen…, chuchota-t-elle avant de fermer sa portière, puis de démarrer, lançant le V6 de son moteur dans un rugissement.

Il resta planté là, quelques instants, regardant les feux arrière du 4X4 disparaître dans la nuit, plus ébahi et décontenancé qu'il ne l'eût été de toute sa vie.

Chapitre 2

Ma vie est un grand terrain d'école buissonnière. Je puise çà et là, au gré des rencontres et de ce que la vie offre à mes yeux.

Je ne vis pas ma vie, je la rêve

Jacques Higelin

Les mains tremblantes sur le volant, elle conduisait du mieux qu'elle le pouvait alors qu'un feu brûlait dans son ventre tandis que son cœur battait comme jamais. Elle se mordillait les lèvres avec anxiété, murmurant une sorte de litanie de « Mais qu'est-ce que j'ai fait… » qui meublait le silence épais de la nuit. Pourtant, malgré tout, elle ne pouvait s'empêcher d'avoir ses pensées plus occupées par le souvenir délicieux des mains rudes de Lowen, de son regard sombre plein de désir, de sa bouche avide sur la sienne, que par une quelconque culpabilisation, ce qui était d'autant plus déstabilisant ! Elle aurait dû se sentir affreusement mal, après tout, elle venait de se faire un pompier sur un parking, ce qui, vu ainsi, sonnait assez mal. Toutefois, ce n'était pas ce qu'elle ressentait, c'était la chaleur de ses baisers, c'était la folie de l'instant et sa douceur aussi…

Maintenant, comment allait-elle expliquer ça et son retard à Evie ? Voilà qui allait s'avérer embarrassant. Quelques minutes plus tard, elle quittait la route principale, bifurquant vers une modeste communale. Un panneau, éclairé fugitivement par les phares de la Jeep, indiqua : « Chassagne 3 km ». La route grimpait en quelques lacets jusque sur un plateau au bout duquel un village, en pierres grises et tuiles rondes, se tenait ramassé sur lui-même, résistant au temps et aux intempéries avec opiniâtreté. Blotti autour d'une petite église au clocher trapu, il offrait le visage têtu de celui qui fait front et résiste quoi qu'il en coûte.

Des champs s'étendaient alentour baignés par l'éclat de la lune. La Jeep remonta la rue principale et se gara enfin, à cheval sur le trottoir faisant face à une maison à deux étages, étroite et d'apparence coquette. Les volets clos laissaient filtrer des rais de lumière alors qu'une fenêtre ouverte faisait entendre des rires qui résonnaient clairs et cristallins jusque dans la rue.

La jeune femme prit une longue inspiration, se rajusta au mieux, recoiffa ses cheveux ébouriffés, se composant un visage en adéquation avec le moment et surtout pas avec ce feu brûlant qu'elle éprouvait. Elle refoula du mieux qu'elle put sensations, pensées et émotions puis descendit de sa voiture dont elle claqua la portière. Les jambes plus chancelantes qu'elle ne le souhaitait, elle monta les deux marches du perron et poussa la porte. Provenant du living, les bruits familiers d'un film étaient accompagnés par les chuchotis des enfants. Elle s'avança et s'appuyant contre le chambranle de la porte, elle les vit, tous trois installés dans le canapé en velours d'un rouge grenat passé. La petite Mia, blottie dans les bras d'Evie, suçotant son pouce tandis que Marius et Charline, les deux plus grands, restaient fascinés par la poésie de Totoro qui ronflait à l'écran. C'était leur anim' préféré.

Aussitôt, elle oublia son aventure, tout s'envola en une fraction de seconde, pour ne voir que la tignasse fauve, indisciplinée, de sa fille en pyjama licorne. Alertée par une sorte d'instinct, ou bien ressentant le regard posé sur elle, la p'tite se retourna et, apercevant sa mère, poussa un hurlement à la fois surexcité et débordant de joie. Elle se jeta à bas du sofa avec un cri discontinu de « Maman ! Maman ! » qui fit sursauter les autres. Félix la saisit au vol, sentant son petit corps chaud se cramponner à elle, dans un bonheur de se retrouver, égal au sien.

Evie, à demi endormie, se redressa en bredouillant :

— Eh bien je croyais que tu rentrerais plus tôt…

Félix, portant toujours son crampon dans les bras, s'avança dans le salon :

— Je suis désolée, je le pensais aussi… Mais j'ai eu un impondérable…

D'un geste, son amie la coupa :

— Ne t'en fais pas ! On a fait des crêpes, c'était très chouette. Et puis ça ne compense même pas le nombre de fois où tu gardes les miens ! Dis-moi plutôt comment allait ton grand-père ?

— Oh, en pleine forme ! Il est terrible, tu sais, il drague toutes les femmes de la maison de retraite, il dit que ça l'occupe et le garde jeune !

Evie repoussa sa frange châtain avec une moue entendue :

— Qui ne lui donnerait pas raison, franchement !

Félix retint un soupir : il était certain que la réponse de son amie serait celle-là !

— Eh bien, sur ce, nous allons rentrer chez nous, hein Charline ? dit-elle en guise de commentaire, s'adressant à son mini-panda.

La petite, toujours suspendue à elle, secoua résolument la tête en affirmant :

— On peut pas, j'ai promis à Marius que je dormais ici, hein Marius ?

Ce dernier approuva d'un vigoureux hochement de tête, renvoyant un sourire qui serait un jour ravageur, d'ici une dizaine d'années. Pour l'heure, il lui manquait un peu trop d'incisives et de canines. Pourtant, Félix ne put s'empêcher de le trouver craquant avec son regard bleu, presque suppliant. Conjugué à celui de Charline, c'était beaucoup. Beaucoup trop pour qu'elle puisse lutter ! Elle hésitait, lorsqu'Evie s'exclama :

— Pfufff quelle idée voyons ! Bien sûr que les p'tits dorment ici ! Toute façon, ils sont déjà en pyjama.

Félix capitula devant un argument aussi imparable. Elle posa sa fille au sol en disant :

— D'accord, alors je vais y aller…

— N'importe quoi ! Tu vas me raconter ta journée, moi la mienne et on boira du vin, Steph' vient justement de m'en amener un carton… Donc les marmots au lit ! Les dents et hop !

Les trois petits protestèrent d'une seule voix. Evie fronça les sourcils, éteignit la télévision avec toute l'autorité voulue, bref le rituel nécessaire de fin de soirée. Finalement, les enfants gagnèrent leurs chambres respectives, Charline sauta dans le lit d'appoint installé dans la chambre de Marius, et enfin, les deux jeunes femmes purent s'écrouler, au calme, dans le canapé. Evie ramena un plateau avec deux verres, une bouteille d'un vin rouge au carmin prometteur, ainsi que tout un tas de délicieuses cochonneries interdites : chips, saucisson ou olives.

— Toi, tu as une drôle de tête, donc bois et mange.

La jeune rousse retint un énième soupir, songeant que les meilleures amies pouvaient aussi être pires que les neuf plaies d'Égypte. Elle retira ses jolies boots à talons et son verre à la main, elle s'installa sur les coussins moelleux, quoiqu'un brin fatigués :

— Je suis vannée, c'est tout ! Conduire jusqu'à Orange, manger avec Papet puis revenir et… ce rendez-vous à *la Grenouillère*…

Elle hésita sans doute une fraction de seconde de trop, ce qui déclencha le radar surdéveloppé de son amie. Cette dernière but une gorgée de vin, l'observa sans rien dire, se redressant néanmoins avec un intérêt soudain, tel un chien de chasse levant un garenne.

— Ah oui tiens, parle-moi de ce rendez-vous.

Félix grommela un vague « rien d'intéressant » qui sonna faux, même à ses propres oreilles. Fronçant son nez qu'elle avait petit, adorable et cependant aussi sensible que celui d'un limier, Evie rétorqua :

— Mouais, raconte quand même…

Félix décrivit alors, en détail, son entrevue avec le président de l'association des tracteurs de collection. Il voulait qu'elle intervienne lors de leur prochaine exhibition où ils souhaitaient réunir plus de deux cents tracteurs anciens, venus de toute l'Europe.

La jolie brune écouta quelques instants avant de l'interrompre :

— Bien, bravo et ? Tu n'as rien d'autre à raconter ? Tu en es certaine ?

Félix se ratatina davantage dans les coussins, goûtant son vin avec un peu trop d'affectation.

— Allez crache le morceau, je ne te lâcherai pas avant, de toute façon tu finiras par craquer… Alors autant tout déballer de suite.

Tout en faisant tourner le verre entre ses doigts, Félix savait que son amie avait hélas raison. Depuis trois ans qu'elles se connaissaient, elle l'avait vu soutirer plus d'un secret, même les mieux cachés. C'était à présent son tour, à se demander comment elle avait pu y échapper jusqu'à présent ! Du temps de l'Inquisition, elle aurait été Inquisiteur suprême !

— Alors ?

La rousse haussa une épaule, plus embarrassée qu'autre chose, se remémorant à cet instant précis, du goût des lèvres de Lowen, de la rudesse de son étreinte. Elle sentit ses joues s'embraser, maudit sa peau blanche sur laquelle la moindre émotion s'écrivait en lettres de feu. Bien sûr, cela ne pouvait échapper à l'œil de son amie.

— Oh, oh ! J'ai l'impression que c'est passionnant, au contraire. Mange un bout de saucisson et raconte.

— Il n'y a rien à dire ! C'est juste qu'il y avait un accident, tu l'as peut-être entendu à la radio, et... Bon, sur les lieux, il y avait un pompier plutôt mignon. Voilà tu es contente ?

— Mignon comment ?

— Grand, brun, les yeux très sombres, presque noirs.

Evie la considéra d'un air moqueur :

— Et ? C'est tout ? Tu vois un mec deux minutes et tu as des vapeurs ? Tu veux me faire croire ça, à moi ?

— Je ne veux rien te faire croire du tout ! C'est toi qui extrapoles ! protesta Félix, plus rougissante que jamais, tandis que les images de Lowen la prenant dans ses bras s'imposaient à elle.

— Tu sais que tu as pris la couleur du canapé hein...

Elle devint écarlate, sous l'œil goguenard de son amie, et but une gorgée de vin sans répondre. Que pouvait-elle dire quand tout ce qu'elle voyait c'était le regard de Lowen danser devant ses yeux. Evie laissa s'écouler quelques longs instants, la dévisageant sans ciller, pour finalement laisser tomber :

— Et en fait, c'était un bon coup ou pas ce pompier ?

Félix était au bord de l'implosion. Ses joues venaient d'inventer une nouvelle teinte de rouge, tandis qu'elle avait oublié comment respirer.

— Chut ! Parle moins fort, les petits vont t'entendre, protesta-t-elle.

Son amie se pencha, remplit leurs verres, puis remarqua :

— Donc, tu t'es tapé un pompier… Franchement, ma chérie, bravo ! Je suis trop contente ! Je commençais à me faire du souci.

— Je vais très bien, inutile de t'en faire pour moi et… s'il te plaît garde ça pour toi !

— Ne t'en fais pas, je suis une tombe. Dis-moi plutôt si c'était bien et raconte en détail.

— Evie !

— Mais quoi ? Qu'est-ce que tu es coincée, ma pauvre ! Je me demande comment une fille gaulée comme tu l'es peut l'être autant. Voilà un mystère qu'on aurait dû soumettre à Stephen Hawking, tiens ! Enfin, ajouta-t-elle, se retenant de rire, heureusement que c'était un courageux pompier sachant manier une hache, parce que vu la taille des araignées qui devaient peupler l'endroit, aucun autre n'aurait survécu !

Félix resta une seconde interloquée, avant de prendre le parti de pouffer de rire. Après tout son amie, aussi crue soit-elle, n'avait pas tort. Depuis la disparition de Bastien elle n'avait pas eu le cœur, l'envie ou le courage d'accorder ses faveurs et surtout sa confiance, à grand monde. Ce qui rendait sa réaction vis-à-vis de Lowen d'autant moins compréhensible. Peut-être était-ce l'effet d'un immense ras-le-bol conjugué à une solitude émotionnelle trop forte ?

Elle ne parvenait pas à l'analyser clairement. Bien qu'outre la honte lancinante d'avoir sauté sur un pompier, elle ressentait encore la douceur de ses baisers et l'exaltation de ses mains. À cause de ça, elle ne pouvait s'empêcher de frissonner, sans parvenir à regretter son élan. Pas une seconde le souvenir de Bastien n'était venu la hanter : était-ce un bon ou un mauvais signe ? Peut-être était-ce seulement le moment pour elle de tourner cette page, cette douloureuse page.

Evie l'embrassa sur l'une de ses pommettes parsemées de taches de rousseur, la prenant dans ses bras, murmurant avec une grande douceur, tout à coup sérieuse :

— Tu as bien fait ma chérie, ne culpabilise pas, ne pense pas... Tu dois avancer.

Félix se lova contre son amie dans un soupir rassuré, ne pouvant s'empêcher de songer que tout ce qui s'était autrefois passé l'avait amenée là, à cette seconde précise, à cet instant où elle avait vacillé entre les bras d'un inconnu. Il était à la fois logique bien que terrifiant, de réaliser que tous les actes d'hier conditionnaient les choix du lendemain.

Elle refusa de penser à ce que serait leur situation, à Charline et elle-même, si Bastien avait été encore avec elles... Elle refusait ce petit jeu tentateur depuis des années, elle n'y céderait pas ce soir. Surtout pas ce soir, où ce n'était plus sa solide silhouette qui venait la poursuivre, mais bien celle d'un autre. Evie la garda contre elle, sans rien dire, dans un moment apaisé où il n'est nul besoin de parler. Elle comprenait la jeune femme, même si elle ne savait pas tout de son histoire, qui pouvait savoir ce qu'elle ressentait au fond ? Elle était capable, du moins, d'imaginer la force qu'il lui avait fallu afin d'avancer, malgré tout.

Cela faisait donc à présent trois ans, qu'elles se connaissaient, depuis que, débarquant dans le village, la jolie rousse était venue reprendre le commerce du Père Claude. Cela avait été un étonnement général pour tout Chassagne : cette toute jeune femme, ravissante et d'apparence frêle, accompagnée par cette petite, aussi rousse que sa mère, venait afin d'assurer la succession de Claude ? C'était une blague ? Comment était-ce possible ? Il y avait eu maintes moqueries, réflexions et personne ne pouvait vraiment croire au sérieux de l'affaire. Personne sauf Evie, qui avait en un coup d'œil, jugé et compris la détermination de la jeune femme.

Lorsqu'elle était entrée avec sa fille dans la bibliothèque afin de s'inscrire, elle avait été immédiatement intriguée, autant par la personnalité que par son prénom étrange. Spontanément, cette dernière lui avait raconté dans un éclat de rire, qu'à sa naissance le médecin des urgences, dont c'était le premier accouchement, s'était trompé et avait annoncé qu'elle était un garçon ! Son père l'ayant déjà déclarée à la mairie, elle était restée Félix, tant pis ! Vraie ou fausse cette histoire avait brisé la glace, elles étaient ensuite vite devenues amies.

Elles avaient des enfants du même âge qui se retrouvèrent de ce fait dans la même classe. Les petits devinrent inséparables et elles aussi, tout naturellement. Elles vouaient, toutes deux, un amour sans partage aux livres et à la lecture. Cela semblait logique pour une bibliothécaire, même si elle était la plus sexy de tout l'hexagone voire plus loin encore. Cela paraissait plus improbable pour

Félix, mais c'était un fait : elle n'aimait rien tant que se recroqueviller sous sa couette avec un bon livre, le soir après une rude journée de travail. Les histoires et les mots lui offraient une évasion que sa vie lui interdisait…

Toutefois, outre aimer la lecture et être mamans solos toutes les deux, elles s'étaient découvert de nombreux autres points communs, bien que la chasse aux hommes n'en fasse pas partie, au vif désappointement d'Evie. Mais une amie n'était pas une photocopie de soi-même, il était même plutôt agréable et enrichissant d'être différentes.

Chapitre 3

*Les gens qui veulent fortement une chose sont
presque toujours bien servis par le hasard.*

La Vendetta (1830)

Honoré de Balzac

Toute la semaine, Félix tenta d'oublier le regard
à la fois sombre et tendre de Lowen. Elle refoula les
sensations de ce soir-là, dans un surcroît acharné
de travail, voyant arriver le week-end avec
soulagement. Elle s'était, comme chaque année
maintenant, inscrite au semi-marathon des
Baronnies. Course exigeante du fait du terrain, mais
un rendez-vous qu'elle appréciait, sans doute à
cause de cette difficulté.

Ce week-end plus encore lui permettrait d'aller
au bout de son effort, en essayant d'améliorer son
temps et peut-être d'oublier cette rencontre sur le
parking de *la Grenouillère*. D'oublier, tout court, sa
pathétique vie sentimentale. Elle prépara son sac,
maudissant Bastien, une fois de plus. Elle s'en
voulut, comme à chaque fois, ce qui ne fit que
rajouter un poids à son fardeau. En soupirant elle
posa son sac dans la Jeep, appelant Charline.
Celle-ci déboula, suivie à la même allure par Raoul
qu'elle tenait en laisse. Elle grimpa d'un bond sur
son rehausseur installé à l'arrière, la boule de poils
se jetant à ses côtés. Elle boucla elle-même sa
ceinture avec une dextérité alliée à une vivacité
trépidante. Serrant Raoul, gigotant contre elle, elle
s'écria :

— Allez maman, vas-y !

Félix lui retourna un sourire dans le rétroviseur, soucis et interrogations s'envolant par miracle à la vue de la bouille de sa fille. Elle avait le regard très bleu de son père et ce rappel incessant était parfois douloureux. Mais pas aujourd'hui. Ce matin était un moment joyeux, et même Raoul assis sur la banquette, la langue pendante, était ravi de la sortie.

Elle démarra, heureuse, le cœur soudain léger.

Une fois parvenues à Buis-les-Baronnies, elle gara la voiture, enleva son tee-shirt, apparaissant en simple brassière grise et short assorti. Elle enfila ses baskets, puis réunit ses longs cheveux en une queue-de-cheval. Autour d'eux, les coureurs se livraient tous à leurs préparatifs, s'échauffant et se concentrant avant le départ.

Pendant ce temps, Evie l'avait rejointe, tandis que les enfants, surexcités, couraient en tous sens comme des Pokémons sauvages, poursuivis par Raoul jappant furieusement.

— Bonne chance ma chérie ! s'exclama la très jolie brune vêtue d'un short en jean sexy, tandis que Félix récupérait son numéro.

Elle l'épingla dans son dos, avant de prendre place sur la ligne de départ. Comme chaque année, de nombreux coureurs se bousculaient afin d'affronter les petites routes sillonnant les collines. Enfin, la course s'ébranla sous les cris enthousiastes de la foule de supporters.

Dès les premières minutes, les plus endurants prirent de l'avance, marquant le pas sur les simples amateurs venus tester leurs forces. Félix n'était pas une pro, loin de là, cependant elle aimait courir. Le rythme lancinant, répétitif de ses foulées était une cadence qui loin de la fatiguer, la rassurait. Elle avait toujours apprécié ce sport, sans doute parce qu'elle partait accompagner son père pour de longs footings dont elle revenait harassée et ravie. Certainement aussi parce que cela faisait partie des souvenirs les plus précieux qu'elle avait de lui.

Jamais plus elle n'avait couru avec quelqu'un d'autre et c'était aussi bien. Même au sein de ce rassemblement, réunissant plusieurs centaines de participants, elle courait seule. En rythme avec elle-même, ses foulées résonnant à leur propre tempo, fluides, telle une mécanique bien huilée.

Elle courait depuis une grosse demi-heure, lorsqu'elle entendit très distinctement son prénom. Le son vibrait d'une stupéfaction ravie.

— Félix !

Machinalement elle tourna la tête, croisant alors un regard sombre, un regard qui l'avait accompagnée toute la semaine et qu'elle espérait remiser dans le passé. Elle blêmit. Trottant à ses côtés, d'une allure souple et déliée, Lowen, bien évidemment, en tee-shirt blanc et short foncé.

— Qu'est-ce que tu fais là ? grogna-t-elle, le souffle soudain coupé et les jambes lourdes.

Il réprima un éclat de rire, lui décochant à la place un sourire qu'il espéra rassurant, si ce n'était ravageur.

— Ben, comme toi... je cours !

Elle fulmina sans pouvoir espérer se débarrasser si aisément de lui. Le tracé était bourré de montées, ce qui en faisait sa particularité, elle ne pouvait se permettre de casser son rythme, sans quoi elle ne parviendrait pas au bout des vingt kilomètres. Alors qu'elle avait tout à coup l'impression de traîner des chaussures de plomb, il avançait d'une foulée souple, sans paraître forcer le moins du monde, ce qui rajoutait à sa contrariété. Pourquoi fallait-il que le hasard se mêle de sa vie ? Une rencontre improbable ne suffisait-elle pas ?

Lorsqu'elle songea à cette première rencontre, elle s'embrouilla dans son souffle, trébucha contre un caillou, ou dans un trou, elle était trop perturbée pour le savoir. Il la retint d'un geste, cependant que la chaleur de ses doigts sur son bras, la brûlait telle une flamme. Elle le remercia vaguement, le cœur battant trop fort pour pouvoir répondre quelque chose de plus intelligible. « Merde », songea-t-elle « Il suffit d'une maladresse, un seul faux pas... Et en plus, il doit croire que je suis une traînée, doublée d'une fétichiste de l'uniforme ! »

C'était une situation d'une gêne absolue. Toutefois il ne semblait rien remarquer. Il continuait à courir, sans se préoccuper d'autre chose que de sa prochaine foulée, veillant néanmoins à rester à la hauteur de la jeune femme.

L'air, encore frais pour la saison, était une vraie bénédiction pour les coureurs qui ahanaient sur les petites routes sinueuses. Des nuages ronds et duveteux se traînaient mollement dans un ciel bleu, plein de promesses printanières. Dans les taillis, des criquets sautillaient timidement alors que les premiers papillons testaient leurs ailes toutes neuves.

Des hirondelles caressaient le ciel de leurs vols acrobatiques, poursuivant quelques mouches bourdonnantes. Une coccinelle se posa sur le haut de la brassière de Félix, se laissant transporter sans se fatiguer par ce nouveau véhicule. La rondeur de la petite bête, sa confiance impavide, firent baisser d'un cran l'énervement de la jeune femme.

Elle lança un bref coup d'œil au grand brun qui courait à ses côtés, sans se préoccuper d'autre chose. Elle ne put s'empêcher, à son propre désarroi, de lui trouver un charme fou. Il n'était pas beau au sens propre du terme, sans doute ses traits n'étaient-ils pas assez fins ou symétriques, sans doute aussi que son nez cassé, dans on ne savait quelles circonstances, lui donnait un profil particulier. Mais il avait ce regard, ce sourire qui errait sur ses lèvres et qui à lui seul, aurait fait fondre n'importe qui. Même Félix ne pouvait résister... Il ne semblait pas réellement être conscient de l'effet qu'il produisait, ou bien il s'en fichait, ce qui dans les deux cas était un soulagement. Félix souffla, cherchant à retrouver une cadence moins heurtée, reportant son attention davantage sur la course que sur le grand brun.

La coccinelle acheva de nettoyer ses élytres avant de s'envoler d'un bond peu gracieux, mais cependant efficace. À la sortie d'une courbe, sur un petit replat, ils approchèrent d'un stand tenu par des bénévoles, proposant bouteilles d'eau et quartiers d'orange afin de permettre aux participants de s'hydrater et récupérer une dose de sucre rapide qui les aiderait à terminer la course. Lowen rafla deux bouteilles, en tendit une à la jeune femme ainsi qu'un quartier d'orange. Elle refusa d'un simple signe de tête, qui eut pour effet d'agiter sa longue queue-de-cheval, illusion d'une flamme dans cette journée. Il insista sur un « bois » péremptoire, l'obligeant à prendre l'eau sans même se préoccuper du coup d'œil furieux qu'elle lui retourna. Elle obtempéra néanmoins, but une longue rasade sans ralentir, ce qui, elle dut l'admettre, lui fit du bien.

Elle grignota le morceau d'orange, ne sachant que penser de ses attentions. Elle ne dit rien, laissant le sucre s'écouler dans ses veines, repoussant toute autre sensation.

— Plus que deux kilomètres, lança-t-il d'un ton qu'elle ne sut analyser.

Elle le considéra, sans répondre, attendant une suite qui ne tarda pas.

— On n'est pas trop mal, mais veux-tu être mieux classée ?

Elle lui jeta un regard torve, en lâchant :

— D'après toi ?

Il lui décocha un court sourire, un sourire joyeux et quelque part décidé, qui se répercuta dans ses yeux noirs.

— Alors suis-moi, calque ton allure sur la mienne.

Tout à coup, il allongea ses foulées, sans même paraître forcer. Elle fronça les sourcils, et les coudes, au corps le suivit.

Au bout de quelques secondes, elle comprit avec un brin d'effroi qu'il entamait un sprint, porté par ses longues jambes et une capacité respiratoire qui semblait pouvoir l'emmener au bout du monde.

Félix prit une longue et profonde inspiration, chercha à oxygéner ses muscles déjà très sollicités par les dix-huit kilomètres précédents. Elle pinça les lèvres, carra les épaules et oubliant la douleur de ses mollets, elle s'efforça de ne penser qu'à une seule chose : bouger ses jambes à la même vitesse que Lowen. Elle percevait son rythme dans le bruit de ses battues sur l'asphalte, ce rebond léger suffisait à lui indiquer la cadence, tandis que le frôlement imperceptible de ses hanches ou de ses épaules, la stimulait afin d'intensifier son effort.

Dardant son esprit sur la ligne d'arrivée, elle se jura qu'elle ne se ferait pas distancer, en aucun cas ! Alors avec rage, elle s'accrocha, remisant la souffrance dans un coin de son esprit, pour ne se préoccuper que de son souffle, et avancer vite, chaque foulée plus rapide que la précédente. La tête lui tournait, elle ignorait combien de temps elle tiendrait encore, dépassant d'autres concurrents dans un brouillard occupé par la seule silhouette de Lowen. Croyait-il qu'elle allait lâcher ? Jamais !

L'arrivée se profilait sur une ultime ligne droite bordée par une foule dense de supporters et de familles, venus afin d'acclamer l'un des leurs. Sous les cris d'encouragement qu'elle n'entendait pas, elle faillit tomber, trébuchant à quelques dizaines de mètres de la ligne d'arrivée. Elle se serait écroulée sans Lowen qui la rattrapa d'une main, et sans même s'arrêter, l'entraîna à sa suite. Il la propulsa d'une bourrade dans le dos vers la ligne, qu'elle franchit à la vitesse d'un boulet de canon, sous les vivats de la foule.

Le cœur prêt à exploser, ses jambes la lâchèrent et elle serait à nouveau tombée si, une nouvelle fois, Lowen n'y avait pas veillé. Elle sentait son cœur battre jusque dans ses tempes, la tête lui tournait tandis que ses membres tremblaient.

— Là, doucement, tu as été super ! chuchota le grand brun, en la faisant asseoir sur un rocher affleurant le talus.

— Voilà, respire, tout va bien…, continua-t-il en l'obligeant à boire une gorgée d'eau.

Au bout de quelques secondes, elle commença à reprendre un rythme cardiaque un peu moins fou et sa respiration désordonnée se calma. Elle se releva, hésitante, l'esprit un peu hagard. Elle grommela un vague « Merci » sans savoir si cela s'adressait à ses attentions ou à son aide durant la course.

Elle s'apprêtait à le planter là, trop incertaine sur ce qu'elle éprouvait, prenant une fois encore la fuite, comme cela semblait être son habitude. Toutefois, il la retint d'une main.

— Félix, s'il te plaît, j'aimerais te revoir et j'aimerais ne pas devoir compter sur le hasard pour ça…

Elle releva la tête, repoussant ses mèches collées par la transpiration, croisant son regard noir, plein d'espoir. Elle s'y perdit une fraction de seconde avant de lâcher entre ses dents :

— Tu ne connais rien de moi…

— Alors permets-moi d'en connaître plus, je t'en prie !

Elle allait répondre, lorsqu'une bombe rousse fonça sur elle dans un cri de « Maman ! Maman ! », qui ressemblait étrangement aux hurlements des guerriers d'Attila. La graine de barbare se jeta sur elle, lui sautant au cou, tandis que la boule de poils qu'elle tenait en laisse, galopait à sa suite, aussi rousse et excitée qu'elle. Elle referma les bras sur sa fille, l'embrassa, tandis que la petite hurlait des « T'as gagné » bientôt rattrapée par Evie et ses deux enfants, tous quelque peu essoufflés. Félix éclata de rire :

— Non, je n'ai pas gagné choupette !

— Tu seras quand même classée, remarqua Lowen d'une voix affirmative, stupéfait néanmoins par l'apparition de la minuscule Huns.

Il s'était attendu à beaucoup de choses, avait envisagé beaucoup de scenarii depuis leur première et mémorable rencontre, mais en aucun cas qu'elle puisse avoir un enfant. La vie se permettait d'inventer des rebondissements auxquels nul ne pouvait penser. Pour le coup, voilà qui le laissait sidéré. La petite furie pouvait avoir dans les six ou sept ans, du moins autant que sa connaissance très partielle des enfants lui permettait de juger. Alors, soit sa mère faisait très jeune pour son âge, soit elle avait réellement l'âge qu'elle paraissait avoir : environ vingt-cinq ou vingt-six ans. Elle l'avait donc eue très tôt ! Voilà qui augmentait la masse critique de questions qui s'accumulaient à son sujet. Son esprit bégaya, se demandant instantanément où était le père, alors qu'il bloquait avec fascination sur la boule de fourrure qui suivait la fillette avec une semblable rousseur et énergie.

— C'est un renard ! parvint-il à bredouiller.

La petite lui renvoya un regard à la fois curieux et chiffonné.

— Ben non, c'est Raoul, c'est un Corgi, comme les chiens de la Reine d'Angleterre ! Mais t'es qui toi ?

Raoul jappa en bondissant avec allégresse en entendant son nom, alors qu'Evie et son nez de Retriever s'exclamait, l'œil pétillant :

— Mais oui, Charline a raison, tu es qui ? Attends que je réfléchisse… Voyons voir… À mon sens, tu es pompier…, susurra-t-elle.

Félix devint écarlate, comme frappée par un coup de soleil instantané. Lowen, lui, resta la bouche ouverte une seconde, avant de s'écrier :

— Comment avez-vous deviné ? Ce n'est pas écrit sur mon front !

— Maman est une magicienne : elle devine tout sur les hommes, rétorqua avec une fierté visible, le petit garçon aux yeux bleus et sourire en fossettes, qui l'accompagnait.

— C'est vrai, approuva la minuscule rousse, secouant du même coup ses cheveux longs et réfractaires à toute autorité.

Sa mère leva les yeux au ciel, tandis qu'Evie se retenait de rire.

Décontenancé, Lowen lança un coup d'œil à Félix, haussa une épaule, avant de se pencher vers elle et murmurer à son oreille :

— Sans doute ne vais-je devoir compter que sur le hasard, mais pense à ce que je t'ai dit… À bientôt Félix.

Puis il l'embrassa fugitivement sur la tempe, là où l'une de ses veines battait encore trop vite. Il s'emplit l'espace d'une courte, trop courte seconde, de l'odeur de sa peau, puis tourna les talons. Il la laissa là, stupéfaite, tandis que le speaker annonçait le classement. Félix était troisième et jamais elle n'avait été aussi bien classée. Grâce à lui.

L'esprit à la dérive, elle le suivit du regard, partagée entre une envie folle de lui courir après, de sentir à nouveau ses lèvres sur les siennes, et une autre de demeurer raisonnable. La vie lui avait très tôt enseigné, à la dure, que céder aux envies de son cœur n'est pas la meilleure des voies. Alors, elle se contenta de le regarder se diriger vers les rangées de véhicules garés les uns à côté des autres. Il ouvrit des sacoches accrochées à l'arrière d'une puissante moto et en sortit des vêtements. Il enfila un pantalon en cuir, des bottes de motard ainsi qu'une lourde veste renforcée. Il s'apprêtait à enfiler son casque, lorsqu'il se retourna. Malgré la distance, leurs regards se croisèrent. Il lui sourit, de ce sourire qui déjà était pour elle une drogue. Elle s'empourpra, se troubla plus que nécessaire, tandis qu'il enfilait son casque intégral et sautait sur sa grosse cylindrée qui démarra dans un ronron sourd.

En une minute il avait disparu, laissant la jeune femme comme étourdie. Peut-être serait-elle restée plantée là, tel un poireau abandonné dans un potager, si, par chance, sa fille ne lui avait pris la main en criant :

— Viens maman ! Faut aller chercher ton prix !

Elle revint à la réalité et suivit la double silhouette semblablement rousse de Charline et de son compagnon poilu, Raoul, renard déguisé en chien Corgi.

Tandis qu'elles marchaient, Evie se pencha vers elle, lançant à mi-voix, tandis que les trois enfants trottaient en avant :

— Tu as bon goût ma chérie, il est mignon à croquer ton pompier… Très joli cul et un sourire à tomber…

Félix lui renvoya un coup d'œil furibond, plus furieux que la remarque ne le nécessitait. Elle dévoila du même coup l'abîme béant de son âme, ce qui ajouta à son irritation. Évidemment Evie le sentit, le remarqua, le contraire eut été impossible.

— Tu as le droit d'avoir quelqu'un dans ta vie, depuis le temps, tu as assez payé, tu ne crois pas ?

Des larmes qu'elle refoula aussitôt, noyèrent ses yeux clairs, des larmes de colère, de tristesse aussi, les deux sentiments se côtoyaient sans cesse, indissociables du souvenir de Bastien. Comment aurait-il pu en être autrement ?

Elle ne répondit pas, mais Evie ne s'en formalisa nullement. Avec douceur elle passa un bras autour de ses épaules et la serra contre elle.

Chapitre 4

La solitude c'est de la souffrance multipliée par l'infini.

Splendeurs et misères des courtisanes (1847)
Honoré de Balzac

Ce soir-là, allongé dans son lit, la fenêtre ouverte sur la fraîcheur et les bruits nocturnes, les mains croisées sous sa nuque, il se repassait le film de la journée, s'arrêtant sur certains plans, en particulier ceux occupés par la très jolie rousse. Elle était à la fois trop fermée, énigmatique et irrésistible. Sans doute aurait-il préféré qu'elle soit moins… Tout ça ! Que son regard soit moins plein de promesses, que sa silhouette soit moins ensorcelante, moins douce, moins faite pour qu'il la redessine de ses mains…

Il essaya de repousser son image tentatrice qui dansait dans son esprit, mais en vain. Il la revoyait courir, ses foulées souples, ses jambes fines et musclées, le balancement de ses hanches, presque hypnotique, suivi par les mouvements déliés de ses épaules, rythmés par sa longue queue-de-cheval qui allait et venait dans son dos, éclatante et brûlante tel un feu de forêt.

Seul dans l'obscurité, il soupira.

Ces derniers mois n'avaient pas été simples et maintenant, voilà qu'il glissait vers un coup de cœur malencontreux. Ne pouvait-il se résoudre à ne penser à elle que comme un simple coup ? Une fille jolie et facile dont il avait eu ce qu'il voulait.

Furieux, il se leva, s'appuyant contre le rebord de la fenêtre, admirant la vue qui s'étendait sur les montagnes et sur le calme de la petite cité, si éloignée du brouhaha omniprésent qu'il avait connu ces dernières années à Paris et auquel il avait fini par s'habituer. Ici tout était si calme. Même l'air était paisible, apportant les senteurs des alpages amenées par une brise imperceptible qui faisait frissonner les platanes de la place.

Non, en aucun cas il n'avait eu ce qu'il souhaitait de Félix. Il voulait la découvrir, découvrir son corps avec lenteur et gourmandise, en explorer chaque centimètre carré et la sentir frémir sous ses mains. Il voulait voir son regard vaciller de désir, il voulait l'entendre gémir de plaisir et non, cette étreinte sauvage n'était pas un but, tout au plus une frustration qui appelait plus. Tellement plus.

Enfin, sans doute devrait-il compter encore une fois sur le hasard pour qu'il la ramène vers lui, peut-être cela faisait-il partie d'un jeu dont il ignorait les règles ? Il n'en savait rien. Cependant, il avait récemment appris à lâcher prise sur bien des points, aussi douloureux que ce soit. Alors il pouvait bien tenter cette approche avec Félix. Il murmura son prénom pour lui seul, pour la brise qui l'accueillit et l'emporta, secret, fragile et d'autant plus précieux.

Chapitre 5

Le bonheur est la plus grande des conquêtes, celle qu'on fait contre le destin qui nous est imposé.

Albert Camus

Pensait-il encore à la jolie rouquine ? Après toutes ces semaines ? Il fallait reconnaître que oui, avec cette mélancolie que l'on accorde aux histoires achevées avant même d'avoir commencé…

C'est ce à quoi il songeait en enfilant son uniforme, treillis bleu sombre et simple polo assorti, barré du seul trait rouge des sapeurs-pompiers. Il vissa une casquette, rouge elle aussi, sur son crâne à la stricte coupe militaire qui ne pouvait que rappeler aux ignares ou aux inconscients, que les pompiers étaient eux aussi des soldats et que leur ennemi était le feu.

Il démarra le véhicule léger d'intervention, qui serait suffisant en sus de l'ambulance fournie par les pompiers bénévoles.

Il sifflota en conduisant, réglant la radio sur une chaîne musicale, repoussant les nouvelles, toujours déprimantes. Aujourd'hui il comptait aller de l'avant, aussi il avait fait le choix de passer une journée agréable et personne ne le lui enlèverait, même pas les news !

Il s'était levé avec le soleil, pour un footing matinal, et là, assis dans la fourgonnette, il se sentait plutôt bien. Au mieux sans doute de ce qu'il pouvait espérer. Une chanson pleine de basses résonna dans l'habitacle. Soudain, il reconnut un air de Sabaton, celui-là même que Félix écoutait lorsqu'il s'était penché et lui avait adressé la parole pour la première fois. Bizarre que tant de menus détails lui rappelaient sans cesse la jeune femme. Il tenta de la chasser de son esprit. En vain. Il soupira. D'un geste machinal, il effleura la chaîne qu'il portait sous son polo, songeant à Loïc, comme toujours lorsqu'il se sentait perdu. Son frère, malgré ses deux années de moins, avait toujours été le plus posé et réfléchi des deux. Il lui manquait souvent et certains jours plus que d'autres. Sans doute était-ce le cas ce matin-là.

Il se força à repousser cette souffrance qui menaçait de l'envahir, s'obligeant à se focaliser sur la journée à venir. Il n'aurait pas dû être là, cette mission ne nécessitant en aucun cas la présence d'une personne de son grade. Néanmoins, lorsque son jeune adjudant lui avait demandé comme une faveur, de pouvoir prendre sa journée, il avait accepté. Il savait qu'il jonglait de son mieux entre un bébé de quelques mois et sa femme hospitalisée. Lui n'avait rien ni personne, il pouvait assurer cette permanence. Voilà pourquoi il était là, ce dimanche matin, garant son véhicule à côté d'une ambulance plus très jeune, mais qu'on devinait entretenue avec amour et dévouement.

Trois pompiers d'âge mûr, aux visages rubiconds et aux ventres qui peinaient à tenir dans leurs uniformes, installaient des chaises pliantes, avec un flegme qui en disait long sur leur habitude d'assurer les secours sur de telles manifestations. Il se présenta, leur serra la main et lança un coup d'œil circulaire sur l'agitation ambiante. Les exposants achevaient de monter et de garnir leur stand, tandis que les premiers visiteurs se garaient déjà dans le parking, un simple champ bordé de rubalise. L'un des pompiers volontaires lui proposa un café, qu'il accepta volontiers, songeant que la journée s'annonçait paisible, malgré la jolie rousse et ses goûts musicaux.

L'exposition attirait une foule conséquente, ce qui n'avait rien d'étonnant : même lui était fasciné. Sans doute sa part de petit garçon s'extasiait sur les vieux modèles qui pétaradaient tout autour.

Au cours de la journée, ils eurent quelques bobos à régler, coups de chaleur, enfants égarés et chutes sans gravité.

L'après-midi avançait lorsqu'il fut appelé par le haut-parleur sur le terrain de présentation. Il attrapa une légère trousse médicale et se dirigea d'un pas ferme vers une sorte d'antiquité à vapeur, plantée stoïquement au milieu du champ. Quelques personnes se tenaient autour, discutant avec animation. Ils entouraient un homme aux cheveux grisonnants et à la moustache altière. Il tenait sa main droite en bougonnant des « sacré nom de diou d'bourrique » tandis que l'un de ses doigts saignait abondamment.

Il prit aussitôt la situation en main, vérifia la gravité de la blessure, jugea que des points n'étaient pas nécessaires, par chance, car jamais le gaillard n'aurait accepté de laisser son tracteur récalcitrant pour se rendre aux urgences. Il achevait de poser bandes et compresses, lorsque l'homme s'agita en maugréant :

— Vla' que c'est le mécano de Chassagne qu'ils nous ont envoyé !

L'un de ses compagnons remarqua d'un ton graveleux :

— Bah j'en entends que du bien…

— C'est sûr que du bien, on en dit dessus ! s'exclama un autre, laissant fuser un rire gras.

Lowen releva la tête, sans comprendre, lorsqu'il vit une mince silhouette portant un top blanc et une combinaison grise de mécanicien dont elle avait noué les manches autour de sa taille, à cause de la chaleur sans doute, venir vers eux. Elle marchait d'un pas vif, portant une lourde caisse à outils à bout de bras, tandis que ses longues mèches rousses se mouvaient dans son dos, comme autant de flammes. De surprise, il faillit laisser échapper la bande, la rattrapa avec dextérité dans un juron assourdi. L'homme qu'il soignait, éclata de rire, et s'exclama :

— C'est vrai qu'elle fait souvent cet effet la p'tite…

D'un geste sec, Lowen acheva le pansement, ayant à la fois du mal à se concentrer et tout autant de difficultés à supporter leurs remarques égrillardes.

— Bonjour Messieurs, Félix Rolland, le mécanicien.

L'un d'eux s'étonna, non seulement de l'aspect du mécano', mais de son prénom. Il lui tendit la main, répétant « Félix » avec stupéfaction. La jeune femme haussa une épaule plus désabusée qu'autre chose, avant de répondre :

— On n'est pas responsable des choix parentaux, que voulez-vous ! Mon père voulait un chat, ma mère non, ils ont chacun fait des concessions…

Les hommes rirent, ne sachant si elle se fichait d'eux, ou pas. Lowen acheva de fixer le bandage avec un sparadrap, plus distrait et perturbé que nécessaire. Le propriétaire du tracteur récupéra sa main avec un certain soulagement et lança, s'adressant à Félix qui parvenait à sa hauteur :

— Alors ma jolie, c'est toi qui vas bichonner ma merveille ?

La jeune femme posa sa caisse, lui décocha un coup d'œil blasé, accompagné par un sourire narquois. Du menton elle désigna sa main en disant placidement :

— Alors on a mis ses doigts là où il ne fallait pas…

Il maugréa, mais ne répondit rien, tandis que ses copains riaient aux éclats. Lowen, lui, se redressa, son uniforme et sa casquette rouge impossibles à dissimuler. Son regard vert glissa sur lui, s'arrêta, se bloqua le temps d'un souffle avant qu'elle ne détourne la tête et se dirige vers l'avant du tracteur dont le capot était encore béant. Elle grimpa sur la roue avant, considéra l'intérieur les sourcils froncés, redescendit, fouilla dans sa caisse, en sortit des outils avant de se plonger à nouveau dans le moteur. Les hommes l'observaient, dans un mélange d'admiration caustique et de réflexions blagueuses. Elle semblait complètement indifférente à leurs remarques, détachée de tout, concentrée sur le problème requérant son expertise. Lowen, lui, ne pouvait détourner son regard d'elle, penchée dans le ventre de l'engin, suivant sans pouvoir s'en empêcher les lignes douces de son corps à la fois mince, ferme et beaucoup trop plein de courbes où sa main ne demandait qu'à s'égarer. Il s'efforça de reprendre son contrôle, rangea sa trousse médicale, essayant de se concentrer sur autre chose que sur sa silhouette rendue trop sexy avec cette combinaison portée d'une façon si négligente. Il s'apprêtait à tourner les talons, lorsqu'elle releva la tête dans un chatoiement fauve, lançant d'un ton trop indifférent :

— Oh, sergent si vous pouviez attendre une minute, j'ai presque fini et j'ai un mot à vous dire, et puis… Vous pourrez porter ma caisse à outils, ce sera pas mal !

Il hocha la tête en signe d'assentiment, ne pouvant rien faire ou dire en dehors de la dévorer du regard. Ses pensées éparses, tournaient en boucle sur « elle est mécano », avec une fascination hébétée. Il lui semblait que plus il en apprenait sur elle, plus le mystère de ce qu'elle était s'épaississait, et plus aussi, il avait envie d'en connaître tous les secrets.

Elle sauta à bas du pneu, claqua le capot de l'engin, invitant d'un geste son propriétaire à le faire démarrer. De mauvaise grâce, ce dernier se hissa sur le siège, s'y laissa tomber puis, actionnant diverses tirettes, il mit en place la procédure de démarrage, marmonnant des « qu'est-ce qu'elle croit c'tte p'tite, si j'y suis pas arrivé… » quand l'antique machine se trémoussa dans un hoquet, cracha un bouquet de fumée noire et âcre avant de vrombir avec enthousiasme. L'homme resta ébahi une seconde, avant qu'un énorme sourire vienne illuminer sa face, faisant frétiller sa moustache.

— Oh vous avez réussi !

Le tracteur s'élança dans le champ tandis qu'il hurlait « vous êtes la meilleure ! » sous les applaudissements de la foule qui avait suivi toutes les péripéties avec avidité. Félix manqua s'esclaffer, elle se retint, rangea ses outils, avant de faire à mi-voix en s'avançant vers Lowen :

— Alors prêt à porter ma caisse…

Il lui renvoya un demi-sourire, qu'il souhaita le plus neutre et détendu possible, ce qui, au vu de ce qu'il éprouvait, semblait compliqué. Si elle ne fut pas dupe, elle n'en montra cependant rien.

— Et toi, prête à me donner ton 06 ?

Elle éclata d'un rire franc, avant de faire à mi-voix :

— Tout dépendra comment tu porteras mes outils…

— Les pompiers sont parés pour toutes les situations, tu ne le sais pas ?

Sur un court sourire goguenard, il saisit la poignée de la caisse et la souleva sans paraître faire le moindre effort, même s'il fut surpris par son poids. Elle se retint de rire, à nouveau, glissant un simple :

— Présomptueux…

Ils traversèrent une partie du champ, veillant à ne pas se faire rouler dessus par les vaillantes antiquités qui allaient et venaient fièrement. D'un signe, elle lui désigna une grosse dépanneuse jaune, garée en bordure du terrain. En s'approchant, il remarqua une inscription écrite en gros sur les portières : Garage de Chassagne, mécanique générale. Il posa la caisse à l'arrière, se demandant comment Félix pouvait bien la soulever, mais elle avait des ressources de ténacité insoupçonnées. Il se retourna, l'œil pétillant :

— Alors ce téléphone ?

Elle se troubla une fugitive seconde, lui décocha un sourire certainement moins distant qu'espéré et chuchota :

— Tout vient à point à qui sait attendre…

Il fit un pas de plus, se tenant si près qu'il percevait l'odeur douce, chaude de sa peau, si près que les mèches de ses cheveux, échappées de sa queue-de-cheval et portées par un vent venu de la plaine, venaient chatouiller son visage ; si près qu'il pouvait voir les minuscules gouttes de sueur perler sur ses tempes, tandis que son regard laissait filtrer ses pensées.

Il s'approcha encore, la plaquant presque contre le camion. Sans la quitter du regard, il fit d'une voix basse, un peu rauque :

— J'ai déjà beaucoup attendu, non ?

Puis il posa ses lèvres sur les siennes, dans un baiser voulu et consenti. Elle frémit sans chercher à le repousser et, tout au contraire, elle glissa l'une de ses mains dans sa nuque scrupuleusement rasée, l'attirant contre elle. Tant pis pour la raison, tant pis pour tout, ne comptait que sa bouche sur la sienne, son torse dur qui l'écrasait contre la portière et ce tourbillon dans lequel elle était aspirée. Enfin, ils reprirent leur souffle, leurs cœurs battant aussi fort et peut-être plus encore que durant le sprint final du semi-marathon. Il repoussa ses mèches rebelles d'une main douce, son visage à quelques centimètres du sien, en murmurant :

— Cela va finir comme la dernière fois, et… ce n'est pas aussi tranquille qu'à *La Grenouillère*, donc quand tu voudras me passer ton numéro de téléphone, tu sais où me trouver : camion rouge, gyrophare, ce n'est pas très difficile !

Puis il tourna les talons, la laissant là, interloquée et pantelante. Elle suivit sa haute silhouette des yeux, admirant sans même songer à s'en empêcher, son dos droit qui tendait son polo d'uniforme, laissant deviner une musculature non pas impressionnante, mais efficace. Déroutée, elle hésita entre glousser nerveusement ou jurer très fort. Elle opta pour grommeler. Par chance, elle n'eut pas le loisir de trop ressasser, puisque ses services furent presque immédiatement requis. Elle remisa Lowen et son baiser dans un recoin de son esprit, s'ingéniant à se concentrer sur les problèmes de pistons ou de courroies des antiquités. Elle régla des problèmes plus ou moins importants, jusqu'en fin de journée, à croire que les vieux tracteurs s'étaient donné le mot afin de ne pas lui permettre d'avoir une minute pour réfléchir. Enfin, les derniers visiteurs finirent par partir, tandis que les stands fermaient les uns après les autres. Les exposants rangeaient leurs précieux véhicules de collection dans des remorques ou des camions et s'en allaient avec la nuit tombante, dans un crépuscule vibrant de rouges. « Aussi rouge que mon Massey Ferguson », lui dit l'un des heureux propriétaires, alors qu'elle l'aidait à faire grimper sa machine récalcitrante dans une grosse remorque.

Elle rejeta une longue mèche rousse, enflammée par les derniers rayons du soleil et tandis que l'exposition se vidait, elle resta là, admirant le crépuscule embrasant les montagnes. Une petite voix lui chuchota un nom, un seul qui la fit frissonner. Elle resserra ses bras autour d'elle, dans une vaine illusion de se réchauffer. Alors elle songea à Lowen et les ombres du passé se diluèrent. Elle prit une profonde inspiration, dénoua les manches de sa combinaison et les enfila, luttant du même coup contre la fraîcheur nocturne et celle de son âme meurtrie.

Presque rageusement, elle tourna le dos au coucher de soleil, cherchant ce qu'elle avait évité toute la journée. Soudain, elle vit un fourgon rouge s'engager sur le chemin derrière les camions des exposants qui formaient une sorte d'embouteillage en pleine nature. Son cœur fit un bond et sans plus réfléchir, elle courut vers le véhicule des sapeurs-pompiers. Le conducteur stoppa net en la voyant leur faire des signes, peut-être crut-il qu'elle avait un problème, ce qui était un peu vrai.

Il baissa sa vitre, lui lançant un :

— Qu'est-ce qu'il y a, Mam'zelle ?

Elle se hissa sur la pointe des pieds afin de jeter un coup d'œil dans l'habitacle, n'y voyant pas Lowen, elle fut donc contrainte de demander :

— Je cherche le sergent, vous savez où il est ?

— Il est resté afin d'assurer la fermeture du site, il doit être quelque part là-bas, fit-il en désignant les champs à l'arrière, déjà gagnés par les ombres de la nuit.

— Oh d'accord, merci !

Puis laissant le camion filer, elle scruta la pénombre à la recherche d'un indice. Au milieu des ultimes véhicules et des phares des derniers camions, elle aperçut fugitivement l'éclat d'une bande réfléchissante. Sans même réfléchir, elle se mit à courir, le cœur battant, repoussant toute pensée, n'aspirant qu'à se noyer dans son regard sombre. Elle ralentit à quelques mètres, faisant semblant d'arriver à pas mesurés, comme par hasard, même si son souffle était un peu trop précipité. Elle ne le vit pas sourire dans la nuit, elle ne sut pas qu'il l'observait depuis dix bonnes minutes au moins, appuyé nonchalamment contre son véhicule de service.

— Ah tiens, tu es encore là…, fit-elle d'un ton dégagé, presque parfait.

— Toi aussi, je te croyais partie.

— Euh, non, je dois rester jusqu'au départ de tous les participants, ça fait partie de mon contrat, au cas où il y aurait un problème tu vois.

Elle parlait trop, avait l'impression de s'embrouiller ou de noyer le silence par des mots inutiles. Il ne parut même pas s'en apercevoir. Sans même savoir comment, elle fut dans ses bras, retrouvant la douceur impérieuse de ses lèvres, la rudesse de ses mains. Elle ne protesta pas lorsqu'il descendit la fermeture éclair de sa combinaison, dévoilant la blancheur tendre de sa peau. Au contraire, elle riva son regard dans le sien, tandis que ses mains exploraient la rondeur exquise de ses hanches et qu'elle-même glissait les siennes sous son polo, s'égarant sur son torse. Elle n'était pas Evie, mais ce soir, elle avait besoin de la

chaleur d'un autre, elle ne voulait plus être seule...
Pas ce soir du moins.

Chapitre 6

Il ne sert pas à grand-chose de faire le procès du passé : cela n'empêcherait pas de recommencer et cela empêche de vivre.

Jean-Christophe (1904-1912)

Romain Rolland

Dans cette petite maison, plus un appartement donnant sur un jardin qu'autre chose d'ailleurs, elle avait appris à se reconstruire peu à peu. Loin de Bastien. Sans lui.

Elle avait repris le garage du père Claude, parti pour une retraite méritée, commerce dont nul ne voulait. Elle avait emménagé dans les quelques pièces adjacentes avec Charline et à toutes les deux, elles en avaient fait un cocon, leur nid.

Raoul, minuscule renardeau trouvé par un ami de Papet, sauvé tout petit d'un massacre inutile, avait lui aussi trouvé là un refuge, un havre de paix. Afin de le protéger, Charline, sa jeune et non moins impétueuse maîtresse, s'ingéniait à prétendre qu'il était un chien, un Corgi précisément. Elle lui trouvait un vague air de ressemblance avec cette race, à moins que cette royale référence lui semblât plus digne de son protégé ! En tout état de cause, nul dans le village n'aurait osé la contredire ! Raoul filait donc des jours heureux, persuadé lui-même d'être un canidé comme un autre.

Le terrain vague qui s'étendait à l'arrière, jungle d'orties, de bardanes arborescentes et de ronces, était devenu son territoire de jeux. Au milieu de cette invraisemblance végétale, s'étalaient çà et là des carcasses de voitures abandonnées depuis des décennies. Félix s'était attelée au nettoyage du terrain, débroussaillant, arrachant les touffes d'indésirables et enlevant les épaves inutiles. Cependant, nettoyer ne signifiait pas aseptiser : les plus belles carcasses, les moins vétustes, avaient été conservées et servaient de lieu de jeu magique pour Charline, Marius et la petite Mia. Raoul, lui, galopait dans l'herbe coupée et assagie, à la recherche de souris égarées ou inconscientes.

Avec patience et espoir, Félix avait planté des arbres fruitiers. Cerisiers, pêchers, poiriers, un couple de kiwis choisi par Charline ainsi qu'un rosier aux fleurs diaphanes. Celui-ci s'était élancé à l'assaut de la façade en rudes pierres du pays, lui apportant une pureté fragile et tendre. Dans cette maison qui n'en n'était pas une, ils avaient recréé un foyer, une famille.

Avec du temps, elles avaient même réussi à se faire adopter par le village, même si les mentalités n'étaient pas si simples à changer. Une femme mécano, rendez-vous compte… Une jeune femme garagiste, surtout telle que Félix, avec sa silhouette et son charme, voilà qui relevait d'un certain défi. Mais elles avaient réussi. Cela n'avait pas été facile, néanmoins aujourd'hui, Chassagne était devenu leur chez elles et leur semblable rousseur faisait à présent partie du paysage.

C'est à cela et bien d'autres choses encore que Félix songeait en faisant la vidange du lourd 4X4 du véto. Tout était calme. Raoul dormait là-haut roulé en boule sur le lit de Charline, tandis que sa petite maîtresse était à l'école. Félix était donc tranquille. Elle aimait ces moments, où elle se retrouvait seule dans son garage, seule avec ses outils, confrontée à des problèmes qu'elle pouvait résoudre avec une clef de douze. Enfin pas tout à fait seule, puisque, comme toujours, Gladiator était là afin de veiller sur elle.

Oui, elles avaient parcouru un long chemin ces dernières années, notamment sur la voie de la résilience. Charline allait bien et elle, de son côté, se relevait, aussi étrange que cela puisse être. Elles allaient donc de l'avant toutes les deux, s'inventant une nouvelle vie où le bonheur n'était plus une vague illusion, mais bel et bien un espoir.

Tandis qu'elle laissait l'huile s'écouler dans un bidon, et qu'elle cherchait un filtre à essence neuf, elle se demanda si le vétérinaire allait encore, pour la énième fois, lui proposer de dîner avec elle. À croire qu'il ne renonçait jamais ou bien qu'il espérât qu'elle céderait par lassitude. Elle sourit à part elle. Décidément, elle avait progressé, les attentions des autres hommes pouvaient à présent la faire rire ou… craquer.

À cette pensée, ses pommettes virèrent au rouge, bien qu'elle soit seule. Elle n'aurait pas dû éprouver autant d'émotions à la seule évocation de son aventure avec le pompier. Parfois, elle se demandait si elle avait vingt-six ans ou encore quinze ! Ses réactions vis-à-vis de Lowen étaient tellement disproportionnées. Elle avait du mal à se reconnaître. Il lui plaisait, c'était indéniable, alors où était le problème ? Il n'y en avait pas, sauf ses propres limitations. Elle ne regrettait pourtant pas ce qui s'était passé entre eux, ni sur le parking de *la Grenouillère* ni dans la visite improvisée de son véhicule d'intervention. Cette contradiction la laissait quelque peu désemparée et sans doute, n'était-elle pas aussi guérie de la blessure que Bastien avait laissée.

Une fois le filtre en place, elle referma la valve de vidange et remit de l'huile neuve. Elle essaya de songer à Bastien, de revoir son visage, ses yeux si bleus, qui pouvaient être tour à tour si tendres et si froids. Avec une sorte de choc effaré, elle se rendit compte qu'à la place, c'était le regard sombre de Lowen qui venait remplacer celui de Bastien.

Elle soupira, tandis qu'elle laissait retomber le capot du Toyota. Elle n'avait besoin de personne dans sa vie. Elle s'était reconstruite, elle allait bien et leur vie était parfaite, du moins n'avaient-elles nul besoin que quiconque vienne y semer la zizanie.

C'est pourquoi, ce soir-là, sur le terrain d'exposition, après que la dernière voiture fut partie, elle avait grimpé dans sa lourde dépanneuse et avait disparu dans la nuit. Encore une fois, Lowen était resté là, debout, regardant les feux arrière de son véhicule disparaître dans l'obscurité. Il n'avait même pas été surpris. Sans doute savait-il qu'elle s'enfuirait encore. C'était presque devenu une sorte de jeu.

Elle était en train de se laver les mains, lorsque des pas résonnèrent sur le béton lisse de l'atelier, tandis que Gladiator, tirée de son sommeil, s'ébrouait en sursaut et se jetait sur l'opportun. La jeune femme se précipita, connaissant la détermination de sa bodyguard. Elle entendit quelques jurons, accompagnés par les cris furieux de Gladiator. Elle courut vers l'entrée du garage et tomba sur un pompier aux prises avec la gardienne des lieux. Moitié riant, moitié en colère, il s'écria :

— Putain de merde, tu as une oie !

Félix retint un éclat de rire, elle préféra néanmoins appeler Gladiator qui, les ailes déployées et le cou tendu, défendait son territoire avec une férocité de tigre. En entendant son nom, elle se calma, ses plumes se lissèrent tandis que la jeune femme la prenait dans ses bras en la félicitant. Roucoulant des caquètements joyeux, sans néanmoins lâcher l'intrus de son regard perçant, elle se laissa emporter. Félix ouvrit la porte menant au jardin et l'y déposa, avant de se retourner vers Lowen, quelque peu perturbé. Du moins, Gladiator avait gâché son entrée, ce qui était contrariant. Il brossait d'une main son treillis visé par le bec du redoutable assaillant, songeant qu'il aurait des bleus, quand la jeune femme, se retenant encore de rire, lui demanda :

— Mais qu'est-ce que tu fais là ?

— Eh bien, ma foi, je viens te demander ton tél…

— Tu as de la suite dans les idées, ça, on ne peut pas te l'enlever !

Même à plusieurs mètres de lui, elle pouvait percevoir le charme discret et pourtant ô combien réel qui émanait de lui. Son regard semblait soudain occuper tout l'espace de l'atelier. S'était-elle sentie aussi désemparée face à Bastien ? Sans doute, elle ne se souvenait pas. Pour être plus précis, elle ne voulait pas se souvenir de l'attraction qu'il avait eue sur elle, même si, à présent cela n'avait plus d'importance. Il était parfois inutile de creuser une douleur récurrente, comme une croûte qu'on gratte encore et encore. Elle avait préféré laisser cicatriser et résister à la tentation de s'irriter, s'écorcher et souffrir davantage.

Maintenant, il y avait ce grand brun, debout au milieu de son garage et son cœur ne savait plus quoi faire. Tout semblait prendre une acuité particulière : l'odeur d'huile et de graisse saturait l'air, tandis qu'un rayon de soleil passant au travers de la haute verrière effleurait les poussières en suspension, transformant les minuscules miroitements en fragments d'or, impalpables et mouvants.

Ils se tenaient face à face dans cette réalité augmentée, où tout avait pris soudain, une intensité presque douloureuse. Il lui renvoya un court sourire sarcastique, disant d'un ton qu'il souhaitait léger, détaché et qui ne faisait pas illusion :

— Les pompiers ne laissent jamais tomber, tu ne le sais pas encore ?

Puis il ajouta, se frottant le mollet :

— Mais si j'avais su que tu avais un tel monstre, j'aurais sans doute révisé cette affirmation !

— Eh bien bravo ! Et l'héroïsme alors ?

— Il s'enfuit, oui m'dame, lança-t-il en riant.

— C'est qui qui s'enfuit ? s'écria une voix stridente, alors qu'une sorte de tornade rousse se précipitait dans l'atelier, déchirant la force du moment. Félix serra sa fille contre elle, en expliquant :

— C'est rien, juste Gladiator…

La petite se retourna, dévisagea Lowen, fronça les sourcils en remarquant :

— T'es le pompier de la course, hein ? Pourquoi tu viens chez nous te faire croquer par Gladiator ? Pourquoi tu vas pas plutôt éteindre les feux de la forêt ?

Sous le flot de questions, il se retint de rire, la petite ne semblait pas d'humeur et paraissait très sérieuse.

— Je suis venu voir ta mère et j'ignorais qu'il y avait un tel monstre ici. Quant aux feux, il n'y en a pas actuellement, par chance. Ai-je bien répondu ?

Les sourcils toujours froncés, Charline grogna un « mouais » peu convaincu, avant de dire d'un ton soupçonneux :

— Et pourquoi tu viens voir maman ?

Il ouvrit la bouche, lança un coup d'œil désemparé à Félix, ne sachant quoi répondre.

— C'est un ami, c'est tout, lâcha celle-ci à sa place.

— Un ami-ami, comme Marius et moi ou un ami comme Evie est amie avec beaucoup de messieurs ?

— C'est un ami, ma choupette, juste un ami. Et maintenant, si tu allais goûter ?

— Il vient goûter lui aussi ?

— Euh non, je dois y aller… J'étais simplement venu récupérer quelque chose que ta maman devait me donner, c'est tout.

— Ah ben file-lui maman ! Ensuite on va manger des tartines en regardant Totoro.

Félix réprima un sourire, en disant :

— Vas-y, sors le pain, j'arrive tout de suite.

La petite jeta un ultime coup d'œil à Lowen, avant de galoper vers une porte donnant dans leur maison-appartement : l'appel des tartines était le plus fort.

Lowen s'approcha de la jeune femme, toujours plantée au milieu de son atelier, dont le visage était illuminé par le rayon de soleil.

— Je dois réellement y aller, mais je suis aussi vraiment venu chercher quelque chose que tu aurais dû me donner il y a un moment déjà…

Chapitre 7

L'amour d'une famille, le centre autour duquel tout gravite et tout brille.

Victor Hugo

Elles étaient toutes deux blotties dans le canapé, devant la poésie de Miyazaki, grignotant des tartines grillées recouvertes des confitures fournies en abondance par les mamies des alentours. Raoul était confortablement lové contre Charline, tandis que Gladiator, apaisée, s'était endormie dans le creux des jambes de Félix, que celle-ci tenait repliées sur le sofa. Ils étaient ensemble, profitant de ce moment après une longue journée. Félix avait troqué sa combinaison contre un legging gris et la tête de sa fille s'appuyant d'un côté, l'oie de l'autre, elle se trouvait chanceuse. Malgré tout.

À l'écran, Totoro bondissait avec son parapluie, suivi par le regard de Charline, émerveillée comme si c'était la première et non la millième fois qu'elle visionnait le film d'animation. Elle riait en voyant les noiraudes courir partout, tandis que Félix souriait, caressant la masse fauve de ses boucles échevelées. Dans quelques minutes, elle retournerait à l'atelier finir des bricoles. Ce soir, une fois la petite couchée, elle ferait la paperasse journalière, mais pour l'instant, elle voulait profiter encore un peu de cette quiétude.

Gladiator se tenait le cou allongé contre ses jambes, marmonnant de ravissement, les paupières mi-closes. La jeune femme gratouillait machinalement sa tête aux plumettes fines, d'une blancheur absolue. Oui, ils étaient bien tous les quatre.

L'esprit de Félix dérivait paisiblement, d'un problème de courroie, à celui de factures à payer, de clients à rappeler, des fleurs à planter dans les jardinières de l'entrée, des courses à faire et bien sûr de la dernière visite de Lowen. Un sourire se dessina sur ses lèvres lorsqu'elle repensa à sa réaction vis-à-vis de l'oie. Elle réprima un gloussement joyeux, puis revoyant soudain son regard sombre qui semblait avoir occupé tout l'espace, elle se demanda, avec une curiosité un brin anxieuse où tout cela les mènerait.

Son smartphone posé sur la table basse, vibra, annonçant un SMS. Elle y jeta un coup d'œil, pas même surprise de lire :

« Test n° 1, est-ce vraiment ton numéro ? »

Le message provenait bien évidemment de Lowen. Elle avait fini par lui donner son téléphone. Comment, après tout ça, aurait-elle pu faire autrement ? L'aurait-elle simplement voulu…

« D'après toi ? Est-ce celui de Gladiator, ta presque meilleure amie… »

Tout à coup, leur relation prenait un tournant de proximité troublante. Elle ignorait si cela était positif, ou pas, c'était toutefois une évolution logique. Ils ne pouvaient guère continuer à se sauter dessus à la moindre occasion que le hasard leur proposait !

« J'espérais qu'une oie n'ait pas de téléphone, en réalité, et que ce soit celui de son ensorcelante maîtresse »

« Tu commences déjà les flatteries ? Au bout du deuxième message ! »

« Ce n'est pas une flatterie, tout au plus une constatation ! Je dois y aller, à plus tard, ravissante dompteuse d'oie… »

« À plus. »

Elle reposa le smartphone, s'étira, puis glissa dans l'oreille de sa fille, vautrée contre elle.

— Je vais travailler ma choupette… Est-ce que tu as des devoirs ?

La petite se redressa, bougonna, avant d'éteindre la télévision. Elle glissa à bas du canapé, attrapa son cartable, l'ouvrit et en sortit un cahier qu'elle tendit sans un mot à sa mère. Cette dernière le prit, sachant déjà peu ou prou, ce qu'il contenait. Elle l'ouvrit, lut rapidement le mot écrit par l'institutrice, l'enthousiaste et non moins inflexible Mme Robert.

— Bon… Et si tu me disais toi-même ce qui s'est exactement passé ?

La p'tite dansa d'un pied sur l'autre, avant de débiner tout à trac :

— C'est le nouveau, le grand de CM1 tu sais, il n'arrête pas d'embêter les filles. Il a tiré les cheveux de Magali, elle a pleuré, puis il a voulu faire pareil avec moi, sauf que je lui ai dit qu'il avait pas intérêt. Je l'ai prévenu, comme t'as dit. Il a pas écouté ! Il s'est mis à rigoler en disant des méchancetés, que les roux puent, que les filles sont des pisseuses, tout ça ! Il a voulu m'attraper, alors je l'ai frappé. C'était pour me défendre. C'est pas moi ai commencé ! Il a eu ce qu'il méritait, parce que je suis une fille, pas une victime !

Au fur et à mesure qu'elle parlait, elle s'énervait, ses yeux d'ordinaire si bleus, presque noirs de colère. Félix la prit dans ses bras en murmurant :

— Tu as eu raison, j'irai voir Mme Robert dès demain. Maintenant, fais tes devoirs et ensuite tu iras jouer si tu veux.

Charline hocha la tête, soulagée, en disant :

— J'irai lire, on a notre challenge en cours et j'ai pas envie que tu gagnes !

— Ah ah, tu as raison ! Bon, je file au garage, je n'en ai pas pour longtemps, d'accord ?

Elle enfila sa combinaison, fière de sa fille. Elle l'éduquait non pas afin qu'elle devienne violente, mais tout au contraire pour qu'elle puisse se défendre. Son propre père lui avait permis de savoir vivre libre, sans peur, sachant qu'elle n'était soumise à personne, sachant que, le cas échéant, elle pourrait garantir sa propre sécurité. À son tour elle devait l'enseigner à sa fille. Lui apprendre à ne pas céder, lui apprendre à dire non, haut, clair et fort. Lui apprendre sa valeur et celle de ses rêves. Lui apprendre que, quoi qu'elle veuille faire, elle le pourrait, indépendamment de son sexe : sa valeur et ses capacités ne dépendaient pas de son taux hormonal !

Aujourd'hui, même si la société n'approuvait pas, elle était fière, heureuse que sa fille ait pu tenir tête à un garçon plus grand, plus âgé et qu'elle lui ait démontré que le sexe, soi-disant faible, ne l'était pas ! À son avis, c'était une belle leçon pour les deux enfants : pour Charline qui se trouverait renforcée dans son rapport égalitaire vis-à-vis des hommes et pour ce garçon qui, sans doute, se méfierait à présent. Du moins, avec un peu d'espoir, renoncerait-il à profiter de sa pseudo-supériorité physique afin de tenter de dominer de plus faibles, les filles en particulier.

Alors oui, elle irait discuter avec l'institutrice, mais elle ne désapprouverait pas Charline, en aucun cas. Il y a bien longtemps, elle avait dû elle aussi se défendre lorsqu'elle était à l'école, puis ensuite au collège. Elle avait même, à la suite d'une altercation un peu poussée, cassé le nez d'un gars d'une quinzaine d'années, alors qu'elle était à peine en sixième. Son père avait été convoqué, et pour une fois, entre deux missions, il était là. Il ne l'avait pas désavouée, tout au contraire. Il était entré dans le bureau du directeur, de sa démarche assurée, autoritaire, avec son crâne rasé, ses larges épaules et son regard de fauve. Même sans son uniforme il en imposait. Lorsqu'il pénétrait dans une pièce, le silence se faisait.

Le directeur lui avait demandé de s'asseoir, il avait refusé, considérant le bureaucrate de sa haute stature. L'homme, derrière son bureau, avait cillé, lui avait donné du Monsieur qu'il avait rejeté d'un sec :

— Commandant Rolland !

Puis il avait ajouté, sur le même ton :

— C'est ma fille de onze ans qui a dû se défendre seule contre un garçon de quatre ans plus âgé et du double de sa taille ! Et c'est à elle qu'on fait des reproches ? Croyez bien que si la moindre sanction venait à être prise à son encontre, je porterais plainte contre vous, personnellement. Je suis particulièrement heureux que Félix ait eu le cran de se défendre. Imaginez qu'elle ait été une fille fragile et timorée ? Que se serait-il passé ? Alors au lieu de plaindre un voyou, de regretter un nez cassé, juste retour de violence à mon avis, vous feriez mieux d'enseigner aux filles dont vous avez la responsabilité, qu'elles peuvent se défendre et aux garçons, une conduite un peu plus respectueuse !

Félix se souvenait encore de cette scène tant d'années plus tard. Elle attendait avec appréhension, seule et apeurée, dans le couloir devant le bureau du directeur et avait tout entendu. Elle avait éprouvé une émotion intense, faite de reconnaissance et de gratitude sans bornes pour son père, son héros, qui malgré les règles et les jugements, l'avait soutenue envers et contre tous.

Alors, à présent, c'est aussi ce qu'elle voulait enseigner à sa propre fille. Lui transmettre cette confiance en elle, que son père avait su lui donner, lui offrant un socle solide sur lequel elle avait pu se construire. Comme son père avant elle, Félix avait appris à sa fille des techniques de défense. Toutes deux se retrouvaient afin de taper dans le gros sac de frappe qui pendait depuis le plafond de l'atelier. Ce n'était pas de la violence, tout au contraire la gestion de sa propre sécurité, de sa confiance en soi, ce qui était fort différent.

Tandis qu'elle rangeait l'atelier, elle songeait à son père, à sa fille et à tout ce qu'il lui avait appris, même s'il l'avait laissée bien trop tôt. Elle secoua la tête, chassant la nostalgie et la tristesse qui l'envahissaient toujours un peu lorsqu'elle évoquait son souvenir. Couchée dans son panier, Gladiator l'observait, se demandant pourquoi ce soir elle prenait tant de temps. Perdue dans ses ruminations, elle n'avançait pas vraiment. Ses pensées vagabondèrent jusqu'à Lowen, ce qui ne l'aida pas. Elle se trompa dans le rangement de ses clefs, comme si c'était possible ! Elle en était là à regretter quelque part sa petite vie paisible, entre le garage et sa fille, avant que ce pompier un peu trop… un peu trop beaucoup de choses et entre autres, séduisant et entreprenant, vienne tout chahuter. Jusque-là, elle avait réussi à redonner un calme étale à sa vie, à leur vie et à présent, elle sentait déjà des clapotis d'émotions longtemps négligées, troubler cette apparente quiétude. Elle n'eut cependant pas le loisir de réfléchir plus avant, car un cycliste entra à ce moment même dans le garage, poussant un vélo rudement chargé.

— Eh oh, y a quelqu'un !

Elle posa les clefs qu'elle tenait à la main, avant de se retourner, plaquant un sourire sur son visage.

— Oui, bonsoir, c'est pour quoi ?

— Il faudrait réparer mon vélo ! Nous sommes en voyage, un truc a lâché et une fissure vient d'apparaître dans le cadre. Alors appelez votre patron, faites vite, nous sommes pressés.

Félix fut heurtée à plusieurs reprises, et par les mots et par le ton du personnage, qui tenant son vélo, la considérait avec une sorte de morgue qui lui déplut. Elle n'en montra cependant rien. Elle s'avança, s'accroupit, jeta un coup d'œil rapide, avant de lâcher froidement :

— Le cadre est en carbone, cela nécessite un travail avec de la résine époxy et je ne fais pas ça. Voyez plutôt avec votre garantie ou appelez un spécialiste. Au revoir.

L'homme se figea, énervé, s'exclamant :

— Appelez quelqu'un de plus compétent, ma p'tite ! Je veux voir votre patron !

— Le patron, c'est moi et je ne suis la p'tite de personne ! Maintenant, je vous prierai de sortir de mon garage.

Une femme à la quarantaine bien sonnée, qu'elle n'avait pas encore remarquée, s'approcha aussi, semblant excédée.

— Vous ne comprenez rien ! Nous avons besoin que vous répariez ça et vite. Nous sommes des voyageurs, nous venons de Rennes ! Nous faisons le tour de l'Europe.

Elle insista sur ce dernier mot, comme si leur projet justifiait tout, y compris l'incorrection. Félix se contint, laissant simplement tomber :

— Je ne peux pas faire de miracle et là, je ne peux rien pour vous. Je n'ai tout simplement pas le matériel. Il faut que vous trouviez un spécialiste qui travaille l'époxy. Maintenant je dois fermer, au revoir !

Elle tendit la main vers le rideau en fer, mais l'homme la bloqua d'un geste accompagné d'un cri ulcéré :

— Vous ne vous débarrasserez pas de moi si facilement ! Alors vous allez prendre cinq minutes et réparer ça ! Tout de suite !

Elle dégagea son bras d'un geste sec, furieuse tout à coup.

— Vous avez pris un vélo inadapté, beaucoup trop technique, ce n'est pas de ma faute ! Je viens de vous dire que je n'ai pas l'outillage nécessaire et votre comportement ne joue pas en votre faveur ! Donc sortez de mon garage, maintenant !

Elle avait presque crié le dernier mot, en proie à une colère née de la prétention de certains qui semblaient penser que tout un chacun était à leur service. En l'occurrence, ceux-là, qui sous prétexte de leur choix personnel, exigeaient que chacun contribue à la réalisation de leurs rêves, sans se préoccuper de savoir si ce soutien était le but des autres et sans doute ne l'était-il pas ! Tant d'égoïsme, d'égocentrisme et de prétention firent monter en elle une colère presque incontrôlable. L'homme sursauta, incrédule, furieux à son tour qu'elle osât lui tenir tête. Il la toisa et voulut répliquer lorsqu'un nuage de plumes lui sauta littéralement dessus, dans un cri rageur et terrifiant.

En moins de deux secondes, les exigeants voyageurs avaient sauté sur leurs vélos et repris leur chemin le plus loin possible de Chassagne ! Mis en déroute par une simple… oie !

Satisfaite, Gladiator gonfla ses plumes, se secoua en remuant du popotin, assez fière d'elle. Elle se tourna vers Félix en claquant du bec avec une joie pétillante. Il était clair qu'ici les pénibles doublés d'impolis n'étaient pas les bienvenus !

Chapitre 8

Sans bibliothèques la vie serait trop fade et trop insipide. La société la plus spirituelle n'est pas celle que les tailleurs, mais celle que les relieurs habillent.

Les pensées et réflexions (1829)

Jean-Paul Richter

En refermant la grille sur les voyageurs présomptueux, elle éclata soudain de rire devant la prétention sans fin des gens. Son humeur étant revenue au beau, elle se baissa, félicitant son héroïque garde qui vint se lover contre elle en claquant joyeusement du bec.

Malgré tous les aléas, la vie était belle, songea la jeune femme en réalisant que le lendemain était un mercredi : leur jour préféré à Charline et elle-même. C'était le jour où Félix fermait son garage à onze heures et que bras dessus, bras dessous, mère et fille allaient passer une heure, voire plus, à la bibliothèque du village.

À l'origine, avant qu'Evie ne débarque avec ses décolletés plongeants et ses talons vertigineux, la bibliothèque de Chassagne sentait le livre abandonné, les pages tristes de ne pas être lues et tournées, tandis qu'une poussière lourde de frustration de romances oubliées, de thrillers dédaignés et de poèmes négligés, flottait sur les rayonnages, collante et morne.

Personne n'osait plus en pousser la porte.

Puis Evie, son rouge à lèvres assorti à son humeur ou à ses jupes moulantes, était arrivée, telle une tornade sexy et fraîche. Elle avait considéré chaque ouvrage malheureux avec la douceur et la bienveillance d'une infirmière, les nettoyant avec des gestes apaisants. Les ouvrant au hasard pour le simple plaisir de la surprise des mots qui s'échappaient des pages. Elle lisait à haute voix, faisant vibrer les murs sous les rimes de Verlaine ou les descriptions de Balzac. Elle riait de bonheur en découvrant un San Antonio corné et jeté sous un rayonnage. Elle l'époussetait et soudain, il reprenait un lustre que toute la gouaille de Frédéric Dard méritait. La bibliothèque avait alors repris vie. Le soleil entrait à nouveau à flot par les fenêtres grandes ouvertes sur le printemps, tandis que les rayonnages luisaient sous les couches de peinture crème que la jeune femme n'avait pas hésité à passer. Pour l'amour, des livres entre autres, elle ne reculait ni ne renonçait à rien.

Alors les lecteurs étaient revenus emprunter des livres.

Grâce à sa personnalité très avenante, son charme certain, dont elle usait et abusait, elle avait soutiré des subventions à la mairie ainsi qu'à diverses associations, tandis que de nombreux auteurs offraient spontanément leurs derniers romans : qui pouvait dire non à Evie ?

En quelques mois à peine, sa bibliothèque était devenue la plus renommée de la région. Quelques années plus tard, elle était aussi la plus fréquentée ! On ne savait si c'était par la richesse et la variété indéniables des ouvrages proposés, ou par l'attrait, non moins certain de la bibliothécaire. En tout état de cause, un vent de lecture souffla sur toute la région, motivant même les plus réfractaires. Charline et Félix n'avaient pas eu besoin de plus d'encouragements, elles étaient des lectrices acharnées, passionnées et s'étaient inscrites dès leur arrivée. Depuis, chaque mercredi était leur rituel.

Ce matin-là ne dérogea pas à la règle. À onze heures moins cinq minutes, la petite débarqua en bourrasque échevelée dans l'atelier, suivie par la flamme rousse de Raoul qui n'était jamais très loin. Gladiator, couchée sagement à côté d'un véhicule posé sur le pont, releva la tête, couinant avec mépris envers les deux perturbateurs. Charline n'y prêta aucune attention, bien trop occupée à hurler :

— Maman ! Maman, il est moins cinq ! Faut te changer !

Félix, couchée sous la camionnette posée sur le pont, soupira, à la fois heureuse de ce moment attendu toute la semaine et contrariée de laisser son travail en plan. La petite se pencha et à quatre pattes, rejoignit sa mère.

— Maman ! s'écria-t-elle d'un ton de reproches. Faut vraiment venir ! Allez ! fit-elle en la secouant comme si cette dernière était sourde.

— Je t'ai entendue, crapaude, j'arrive !

Finalement, la petite eut raison de la mère. Quelques minutes plus tard, elles arpentaient la rue principale et un brin tortueuse du village. Non sans avoir veillé à ce que sa mécano de mère se soit scrupuleusement nettoyé les ongles, puis l'avoir poussée dans un jean propre et une paire de converses rouges. Ainsi bras dessus, bras dessous, mère et fille devisaient avec entrain de leurs prochains choix de lecture, un panier d'osier à la main, débordant des livres qu'elles ramenaient.

Laissés seuls dans le jardin, Gladiator et Raoul étaient partis grommeler dans un coin, l'oie se lovant sur les coussins de la balancelle de la terrasse, tandis que son comparse s'était retranché dans le coffre à demi-ouvert d'une ancienne Simca 1000, abandonnée à la nature. Les bibliothèques n'étaient faites ni pour les oies ni pour les renards, il fallait l'accepter.

Charline, pendant ce temps, poussait la porte vitrée de la bibliothèque, entrant comme un typhon, Félix sur les talons. La petite, ses cheveux ramenés en deux tresses qui peinaient à contenir tant de feu, se précipita vers Evie qui rangeait avec précaution un recueil de poésies. Perchée sur des talons de huit centimètres, la jeune femme glissa le livre d'un coup de poignet sur l'étagère, tout en se retournant afin d'accueillir la mini-tornade rousse qui lui sauta dans les bras. Un baiser et elle courait déjà vers le coin des livres jeunesse.

Félix posa le panier sur le bureau de l'entrée, avant de s'approcher de son amie.

— Toujours précise comme des horloges suisses, hein, remarqua la bibliothécaire en suivant du regard la furie en salopette.

— Ah ça, impossible de faire autrement ! fit Félix en étouffant un éclat de rire tout en sortant les livres du panier.

Evie s'installa sur sa chaise de bureau, elle portait, ce jour-là, une jupe rouge, courte et moulante, assortie à un rouge à lèvres de la même couleur. Félix ne prêtait même plus attention aux tenues de son amie. Elles discutèrent quelques minutes des livres qu'elles avaient lus dans la semaine ainsi que de leurs lectures à venir, sujets inépuisables, lorsqu'Evie se releva en s'exclamant :

— Oh j'ai trouvé un livre pour la mini-terreur.

Elle se releva dans un mouvement sexy et froufroutant, qui était une seconde nature. Suivie par Félix, elle s'avança vers la fillette qui disparaissait à demi dans un grand pouf. Elle lisait avec avidité une bande dessinée, tandis qu'une pile vacillante de livres et comics se tenait à portée de main.

— Dis-moi, serais-tu intéressée par une nouvelle lecture ?

La petite releva aussitôt la tête, les yeux brillants.

— Quoi comme livre ?

— Une lecture challenge…

Charline laissa tomber la bande dessinée et se releva d'un bond, tous ses sens de lectrice en alerte :

— Ah oui ?

Evie se contenta de hocher très sérieusement la tête.

— Ça parle de quoi ?

— C'est l'histoire d'un chevalier, l'histoire d'un vrai chevalier.

— Woua ! Un chevalier pour de vrai !

La jeune bibliothécaire se baissa dans un froissement soyeux de ses bas, tendant à la fillette un livre à la couverture ancienne.

— *La vie du chevalier de Bayard*, énonça-t-elle alors que Charline prenait l'ouvrage avec une délicatesse pleine de déférence. Elle se laissa retomber au creux du pouf, ignorant soudain le monde alentour, sourde à tout, entièrement focalisée sur la douceur de la couverture en cuir bruni et griffé par le temps, la rondeur douce du dos, le titre gravé en incrustation qui portait encore des traces dorées.

Elle passa ses doigts sur les lettres, effleurant le nom de Bayard, le cœur palpitant : un vrai chevalier... Enfin, elle osa ouvrir le livre qui, dans un chuintement de vieux papier, exhala une bouffée chargée d'histoire, d'ans, de poussières ténues, de moisissures infimes et de secrets que les mots révéleraient un à un. La petite se mussa dans le fauteuil ventru, expirant un long soupir de satisfaction, les yeux rivés sur le texte, oublieuse du monde, plongée dans un voyage temporel qui l'emportait six cents ans en arrière dans le Royaume de France.

Félix qui avait rejoint son amie, considéra sa fille en souriant :

— Eh bien, tu as visé juste encore une fois !

— J'ai reçu un gros carton en don, la semaine passée. Lorsque j'ai exhumé ce livre, je savais exactement à quel lecteur ou plutôt lectrice il s'adressait.

— Et pour moi, tu n'aurais pas eu une idée formidable par hasard ?

— Oh si, évidemment !

En disant cela, elle se retourna avec grâce, attrapant un livre glissé sur une étagère, le tendant à son amie.

— Tatatannnn ! s'écria-t-elle avec une lueur amusée dans les yeux.

Félix fixa le roman, lut le titre, resta interloquée devant la couverture représentant un pompier torse nu, avant de lancer un coup d'œil incertain à son amie.

— *Hot in Chicago* ? Sérieusement ?

Se retenant d'éclater de rire, Evie dit avec tout le sérieux qu'elle pouvait :

— Bah j'ai trouvé qu'un roman parlant de pompiers semblait approprié, non ?

Chapitre 9

Il n'y a point de bonheur sans courage, ni de vertu sans combat.

Jean-Jacques Rousseau

La routine de la semaine poursuivit son cours, à peine perturbée par les échanges de SMS entre Félix et Lowen. Sans se l'avouer, elle attendait le cœur pétillant et anxieux tout à la fois, chacun de ses mots, ravie, effrayée, incapable de résister à la vague qui l'emportait. Sans doute éprouvait-il, à peu de chose près, les mêmes angoisses alors qu'une tornade menaçait cependant de l'emporter et de l'anéantir. Son cœur n'était plus qu'un brasier terrifiant qu'il ne savait comment éteindre, ce qui pour un pompier était gênant ! Seule, Félix avait à présent le pouvoir de maîtriser l'incendie de ses sentiments. La nuit, le jour, dans les moments les moins appropriés, il voyait la silhouette de la jeune femme danser devant ses yeux, emportant la réalité, occupant soudain son esprit, le submergeant sans qu'il ne puisse rien faire. Il acheva donc ses journées de service, vaille que vaille. Par chance, rien de trop exceptionnel ne vint troubler ces gardes, où toute son attention n'était tournée que vers le lien ténu, essentiel, de son téléphone qui le reliait à Félix.

Le vendredi soir, n'y tenant plus, faisant fi de la moindre rationalité qui aurait voulu qu'il avance pas à pas dans cette relation fragile, il sauta sur sa moto et roula vers Chassagne. La nuit envahissait les montagnes et le phare de sa grosse cylindrée redessinant la route sinueuse, il accéléra un peu plus : rien n'aurait pu l'arrêter.

Dans le village, il stoppa devant le garage, coupant le contact de la moto qui se tut dans un sourd ronron. Enlevant son casque, il le posa sur le guidon et sans plus s'en faire, grimpa les deux marches du perron et sonna à la porte. Son cœur se livrait à une série de saltos qui l'étouffaient et le laissaient frémissant tout à la fois. Il était impatient et terrifié. Il percevait les murmures de conversations, les voix provenant de la télé allumée, puis des pas s'avançant vers l'entrée. Il cessa de respirer, le temps s'écoula sans qu'il n'en fasse plus partie. Puis la porte s'ouvrit sur Félix, pieds nus et en salopette, ses cheveux, vaguement retenus par un élastique s'échappaient en flammes vives. Elle resta une seconde figée, en tombant sur lui, là, debout sur le pas de sa porte. Elle ne dit rien, se contentant de le dévisager avec une insistance qui faillit lui faire tourner les talons, jusqu'à ce qu'il vît ses pommettes s'empourprer. Il avait eu raison de venir. Il lui sourit avec une tendresse qui se refléta dans ses yeux sombres tandis que se penchant vers elle, il murmurait d'une voix un peu rauque :

— Bonsoir, Félix…

Sans un mot, elle agrippa sa veste, l'attirant contre elle et posa ses lèvres sur les siennes en un baiser qu'elle retenait depuis de trop longs jours. Avec un bonheur intense, ils s'immergèrent dans un espace-temps qui n'appartenait qu'à eux, oublieux du reste du monde, de l'univers et plus loin encore. Jusqu'à ce qu'une voix, provenant de l'intérieur de la maison, s'exclama avec un brin de curiosité :

— C'est qui, Félix ?

Ils sursautèrent avec un bel ensemble, reprenant pied dans la galaxie et la planète Terre. Elle lui adressa un court sourire, tandis qu'elle chuchotait.

— Viens.

Ce n'était ni une question ni encore moins une affirmation, simplement une évidence. À sa suite, il entra dans un petit salon où se tenait une brochette d'enfants pelotonnés sur un canapé qui avait connu des jours meilleurs, tandis qu'une jeune femme en décolleté outrageux, le considéra avec une mine gourmande de chatte devant une boîte de Sheba.

— Tiens donc, un pompier…, susurra-t-elle en se levant dans un mouvement gracieux, un peu déstabilisant, afin de s'approcher de lui et lui faire une bise qui laissa une trace de rouge à lèvres pourpre sur sa joue.

Félix éclata de rire, non sans effacer le rouge du bout des doigts, tout en glissant à mi-voix :

— Méfie-toi, Evie en mange deux comme toi à chaque petit déjeuner !

— Pfufff ne l'écoute pas, rétorqua cette dernière en le poussant vers le canapé. Je crois que tu suffirais tout à fait pour un brunch…

Les enfants se poussèrent afin de lui faire une place, tandis que Charline s'écriait en le considérant d'un air mi-figue mi-raisin.

— Maman doit encore te donner un truc ?

Evie lança un coup d'œil à son amie, retenant un rire, non sans laisser tomber d'un ton outrageusement sérieux :

— Oh ça ma puce, je crois que ta mère a oublié de lui donner plusieurs choses, mais ne t'inquiète pas, elle devrait vite y remédier…

Félix rougit jusqu'à la racine des cheveux tandis qu'elle roulait de gros yeux furieux à son amie, qui, goguenarde, la considéra sans s'en faire. Lowen reporta son attention sur la télévision afin de retenir un éclat de rire. Reconnaissant le film d'animation, il s'exclama avec un brin de surprise :

— Eh, mais c'est le *Château ambulant* !

Charline se redressa, intéressée tout à coup :

— Tu connais ?

— Oui, bien sûr ! C'est l'un de mes Miyazaki préférés !

— Ah bon ? Et tu aimes *Mon voisin Totoro* ?

— C'est même mon préféré !

— Moi aussi ! s'écria la petite avec un enthousiasme venu droit du cœur.

Il lui retourna un sourire complice, ayant brusquement l'impression d'avoir passé et réussi un test. Félix se pencha vers lui, lui proposa une bière qu'il accepta, tandis que la petite se carapatait contre lui. En pépiant avec entrain, elle lui décrivit toutes les scènes qu'il avait loupées. Il prit la bière que Félix lui tendait, effleurant dans un geste intentionnel les doigts de la jeune femme. Elle lui renvoya un regard aussi enjoué que le verbiage de sa fille, dans lequel il se perdit une seconde. Son cœur ricocha en battement erratique, tandis qu'il songeait qu'il avait bien fait d'écouter son impulsion.

Evie interrompit leur échange silencieux, qui peut-être se serait étendu des heures durant, en s'écriant :

— Houla, les chatons il est temps de rentrer !

Elle se releva dans un envol de jupe et de décolleté, alors que ses enfants grommelaient du fond du canapé. Elle ne s'en formalisa pas et en deux temps trois mouvements, ils furent revêtus d'un blouson et empaquetés dans sa vieille voiture qui les attendait sur le trottoir. Une bise et les voilà partis, laissant Lowen un peu stupéfait bien que pas mécontent. Charline protesta lorsque sa mère l'envoya se brosser les dents. Montant l'escalier en bougonnant, elle se retourna à mi-chemin lançant d'un ton plein d'espoir :

— À condition que Lowen me lise une histoire alors...

Félix fronça les sourcils, s'apprêtant à dévider toute une diatribe maternelle sur le chantage, lorsque Lowen la devança :

— C'est OK, va faire ce que ta mère t'a dit puis choisi un bouquin, j'arrive.

Le visage de la petite s'illumina d'un sourire étincelant, puis elle grimpa en trois bonds le restant des marches avant de disparaître en cavalcade à l'étage.

Il jeta un coup d'œil à Félix, posa la canette de bière sur la table basse, constituée par une simple palette habilement peinte, et murmura :

— Désolé, je ne voulais pas passer devant tes prérogatives, mais je ne pouvais pas résister à une telle invitation !

Elle se laissa glisser sur le canapé, repoussa un coussin aplati, et se lova contre lui. Elle laissa errer ses lèvres dans son cou, en chuchotant :

— Tu risques de le regretter, elle est en pleine période chevalerie...

Il entoura son bras autour de sa taille, la faisant rouler contre lui.

— Je suis rompu à toutes les situations, tu l'as oublié ?

Puis avant qu'elle puisse répondre, il l'embrassa, sans plus résister. C'est la voix stridente de la petite qui les tira de leur bulle rose. Quelques minutes plus tard, il se retrouvait assis sur le bord du lit de Charline, qui, en pyjama et sentant le dentifrice à dix mètres, sauta sous sa couette en lui tendant un livre. Raoul grimpa d'un bond sur le lit, tourna deux ou trois fois sur lui-même avant de s'écrouler en soupirant dans un creux moelleux, sa queue touffue rabattue sur la truffe. Appuyée contre la porte, Félix observait la scène, ne sachant si elle devait se réjouir où s'inquiéter de l'entrée de Lowen dans leurs vies à présent bien réglées, mais qui avaient eu tant de mal à l'être. Elle secoua la tête. Allons, elle n'allait pas vivre sans cesse en fonction du passé ! Elle repoussa les ténèbres anciennes, esquissa un sourire et remarqua :

— Pas plus d'un chapitre hein, Charline !

— Oui oui, maman ! répondit la petite avec une assurance absolue.

Félix se retint de rire, elle savait déjà que la promesse ne serait pas tenue ! Elle les laissa à leur lecture, préférant descendre à son atelier ranger quelques papiers et factures.

Dans la chambre de la fillette, celle-ci expliqua à Lowen que ce livre était l'histoire vraie d'un vrai chevalier, insistant sur le « vrai » avec extase. Il commença donc la lecture des aventures épiques du chevalier de Bayard, ce qui le ramena à un temps, révolu et lointain, où il lisait des histoires à son petit frère. Inconsciemment, il effleura la bague en argent qu'il portait toujours suspendue à une chaîne autour du cou et qui était pour lui la présence encore tangible de Loïc.

Finalement, il prit beaucoup de plaisir à lire. C'était un moment particulier, paisible, presque inespéré dans le chaos brutal que sa vie était devenue ces derniers mois. Alors, il apprécia le cadeau, se surprenant à envisager un avenir. Lorsqu'il termina le troisième chapitre, il ferma le vieux livre sur ses histoires de bravoure et de témérité, sur ses pages craquantes, poussiéreuses et exhalant cette subtile odeur de vieux papier.

À demi endormie, Charline marmonna :

— Tu vois, maman, elle est comme Bayard, elle est sans peur et sans reproche…

Il frémit, embrassa la petite sur sa tête échevelée, tandis que son cœur s'affolait devant tant de candeur et d'admiration.

Après cette soirée qui se termina de la manière la plus tendre qui soit, une relation instable, intense cependant, se noua entre eux. Le soir, Félix se surprenait à guetter le ronron caractéristique de la moto, même si elle s'en défendait, même si elle ne l'aurait jamais admis, ni reconnu à haute voix. Toutefois, son regard noir la poursuivait quoi qu'elle fasse, ce qui la déstabilisait.

Les autres membres de la famille, eux, avaient des réactions plutôt variées, entre indifférence du côté de Raoul, grommellements de la part de Gladiator et enthousiasme de celle de Charline. Pour elle, quelqu'un qui appréciait les chevaliers et aimait Totoro, ne pouvait que préjuger du meilleur ! Alors, lorsqu'il poussait la porte, elle accourait, les couettes au vent, se suspendant à son cou avec exubérance. Félix les contemplait, pensive, heureuse de cette entente bien qu'une petite voix lui susurrât que la fillette aurait dû sauter dans les bras de son père… Cette idée lui meurtrissait le cœur, mais que pouvait-elle y changer ? Le passé était figé et le resterait. Elle ne pouvait qu'aller de l'avant en offrant une vie aussi équilibrée que possible à sa fille. Pourtant elle ne voulait pas lui amener, une fois encore, un traumatisme. Aussi s'efforçait-elle à ne pas foncer tête baissée dans une relation, qui peut-être n'était qu'un feu de paille.

Elle se maintenait ainsi dans un grand écart inconfortable, entre l'envie qu'elle avait d'être avec lui, de sentir ses mains prendre possession de son corps, et sa peur qui la gardait en retrait, bridant ses sentiments sur un quant-à-soi prudent, qu'Evie trouvait ridicule et excessif.

Lowen, lui, ne cherchait pas à la brusquer, ayant de son côté ses propres démons à régler. Sa séparation avec son ex était encore trop récente, trop brutale, pour qu'il puisse s'élancer dans une nouvelle relation sans arrière-pensée. Même si, il est vrai, la silhouette douce de Félix l'obnubilait, et qu'il ne reprenait vie que sous son regard tendre et joyeux, ou lorsque ses mains redessinaient son corps souple et délicat. En quelques secondes il était devenu captif de son sourire, de son humour et de la force mentale qu'on devinait dans chacun de ses gestes. Les émotions qui le submergeaient étaient parfois si intenses, qu'il en avait la respiration coupée. Il s'efforçait de les repousser avec une fermeté qui ne faisait néanmoins pas illusion.

Alors entre attraction et réflexion, ils tentaient de garder le contrôle de leurs sentiments, même si tout était déjà trop tard et qu'ils le savaient.

Chapitre 10

*Un courage indompté, dans le cœur des mortels,
fait ou les grands héros ou les grands criminels.*

Voltaire

Charline se fichait de toutes les réticences idiotes des adultes, elle aimait bien Lowen et c'était suffisant. Elle pouvait même envisager qu'il soit l'amoureux de sa mère étant donné qu'il était pompier, donc sauveteur de petits chats perdus et surtout qu'il aimait Miyasaki.

Le printemps avançait. Bientôt l'été s'abattrait sur la région, grillant la Provence sous un soleil de plomb. Il gagnerait aussi les montagnes, n'épargnant pas Chassagne. Avant que la chaleur ne vienne brutalement interdire toute activité autre que s'ébattre dans une piscine ou faire une sieste dans un hamac dans un coin d'ombre, la maîtresse de la classe de Marius et Charline décida d'une sortie pédestre. Elle permettrait d'approfondir les connaissances en biologie et géographie tout en glanant des plantes qui serviraient à l'élaboration d'un herbier. La collecte de plantes dans la montagne était un projet qu'elle menait chaque année avec succès et cette année ne dérogerait pas à la tradition.

Avec plus ou moins d'enthousiasme, la classe s'élança, sac sur le dos, pour une journée à crapahuter dans les sentes caillouteuses des monts dominant le village. Une brise douce faisait frémir les cimes des sapins cramponnés aux pentes abruptes, alors que des hêtres au feuillage d'un vert encore tendre, se gorgeaient de soleil sur des coteaux plus accueillants. Plus loin, des épicéas se couvraient d'épines, tandis que des écureuils s'élançaient au long des troncs souples, affamés après la rudesse hivernale, attirés par le parfum alléchant des pignons. Dans les courtes prairies, une exubérance de fleurs, délicate comme un tableau de Monet, explosait en tons variés. Les prés, secs, affichaient une folle diversité, attirant déjà des papillons aux couleurs bigarrées, contrepoint aérien des fleurs.

La journée s'annonçait belle lorsque le car les déposa au pied du sentier qui partait à l'assaut de la montagne. La maman d'Émilie s'était portée volontaire afin de les accompagner. Alors, suivant madame Robert, la maîtresse, les trente-deux enfants formant la classe de CE1 s'étaient engagés à sa suite en ronchonnant, déjà épuisés à l'idée du crapahutage qui les attendait. Madame Robert, ses bâtons de marche à la main, semblait voler au-dessus des sentiers. Charline était plutôt satisfaite d'échapper pour quelques heures à la discipline de la classe ; rester assise sans bouger n'était pas son rêve absolu ni le but de ses journées. Pouvoir courir, libre telle une chevrette sauvage, était nettement plus adapté à sa vision de la vie ! Tant pis pour les grognons qui n'aimaient pas, elle se régalait à escalader les rochers, dégringoler les pentes en courant et cueillir au passage quelques fleurs printanières. Marius, pas moins tête brûlée, la suivait comme une ombre et où l'un était, l'autre s'y trouvait.

C'était, au moins pour ces deux-là et leur maîtresse, une journée proche de l'idéal.

Que se passa-t-il en ce milieu d'après-midi, alors qu'ils avaient emprunté le chemin du retour ?

Madame Robert trébucha-t-elle ? Le sentier s'écroula-t-il sous ses pas ? Tout arriva si vite qu'il fut impossible de le savoir. Une seconde auparavant, elle avançait d'une foulée affirmée et la suivante elle n'était plus là. À peine un peu de poussière et l'éboulement de quelques cailloux, qui la suivirent dans sa chute, attestaient de sa présence. Les enfants crièrent, se précipitant au risque eux aussi de tomber à sa suite dans le ravin. La mère d'Émilie hurla, tandis qu'un chaos affolé tombait sur le petit groupe. Charline et Marius s'aplatirent sur le chemin afin de voir où avait bien pu rouler leur institutrice. Tout là-bas, au pied de la montagne, un torrent coulait en rebonds vifs, tandis qu'une végétation composée de résineux obstinés se cramponnait sur les flancs abrupts. De madame Robert, nulle trace, lorsque Marius s'écria :

— Je vois sa parka rouge !

— Tu… tu es sûr, balbutia la maman d'Émilie, en se tordant les bras de désespoir.

— S'il le dit, c'est que c'est vrai ! rétorqua Charline avec humeur. Il va faire pilote de chasse à Orange tellement qu'il voit bien même ! ajouta-t-elle d'un ton radouci, débordant d'une admiration sans faille.

— Mais… mais que va-t-on faire, pleurnicha la maman tout en serrant sa fille en larmes contre elle, ayant subitement perdu tout sang-froid et trop choquée pour en prendre conscience.

Charline s'accroupit, réfléchit une seconde avant de s'écrier :

— Vous avez un téléphone ?

Quelques secondes plus tard, elle composait le 18 comme sa mère le lui avait seriné à maintes et maintes reprises : en cas de problème on appelle les pompiers !

Lorsqu'à la troisième sonnerie, on décrocha à l'autre bout, elle s'exclama :

— Allô ? Je veux parler à Lowen ! C'est très grave !

— Pouvez-vous me préciser votre urgence ?

— Madame Robert est tombée dans le ravin... Mais je dois parler à Lowen !

— Qui est Madame Robert et qui demandez-vous ?

Charline leva les yeux au ciel, agacée par toute cette perte de temps inutile.

— C'est mon instit ! Arrêtez de m'énerver et passez le téléphone à Lowen, il me connaît lui !

Elle perçut un vague brouhaha de voix et la personne reprit :

— C'est du sergent Le Guen dont tu parles ?

— Oui c'est ça ! s'écria la p'tite en perçant presque le tympan de son interlocuteur.

— Ne quitte pas, fit encore ce dernier, alors que presque aussitôt une voix masculine résonnait dans l'appareil.

Avec ravissement, Charline poussa un cri de joie :

— Lowen ! Madame Robert a roulé dans la rivière, on fait quoi ?

Même s'il fut pris de court, il ne le montra pas, se contentant de dire :

— Où es-tu ? Explique-moi.

— Eh ben, on est allés faire une sortie pour ramasser des plantes et madame Robert, elle est tombée.

— Est-ce que tu la vois ?

— Euh moi non, mais Marius oui.

— OK, est-ce qu'elle bouge ?

Marius fit une moue de négation.

— Ça semble pas, il dit Marius… On fait quoi ?

— Charline, sois bien attentive et écoute bien ce que je vais te dire. Il faut que tous les autres enfants se placent dans un endroit sûr, y en a-t-il un ?

La petite consulta son copain du regard, il se redressa et d'un geste lui montra la pente douce de la montagne, couverte d'une herbe rase.

— Oui, juste au-dessus du chemin, c'est pas dangereux.

— Très bien, alors allez tous vous asseoir là, j'ai tes coordonnées grâce au téléphone, j'arrive le plus rapidement possible, d'accord ?

— Oui, d'accord…

Charline coupa la communication, un peu rassurée à présent qu'elle savait que Lowen allait venir les aider. Sa confiance en lui était sans limite, elle ne savait pas trop pourquoi. Aidée par Marius, elle réussit à convaincre ses camarades de s'asseoir sur le talus afin d'attendre aussi tranquillement que possible l'arrivée des pompiers. Certains enfants sanglotaient, d'autres ronchonnaient, Marius, lui, demandait à mi-voix à Charline si les secours allaient venir en hélicoptère. La maman d'Émilie, quant à elle, n'était visiblement pas rompue à ce type de situation et ne cessait de pleurer.

Au bout de quelques minutes, Charline, n'en pouvant plus, se tourna vers son ami en chuchotant :

— Faudrait qu'on regarde comment va madame Robert, non ?

Le garçon haussa une épaule en répondant sur le même ton :

— Sans doute...

Il se mit debout, commença à descendre la courte pente vers le sentier, avant de se retourner en s'adressant aux autres enfants :

— Restez là, avec Charline on va juste voir comment va la maîtresse.

Quelques secondes plus tard, ils étaient tous deux accroupis sur le bord du chemin, les cailloux pointus leur rentrant dans les genoux sans qu'ils y prennent garde.

— Alors ? murmura la petite en repoussant l'une de ses tresses rousses mises à mal par la journée.

— Je vois pas grand-chose, elle n'a pas l'air d'avoir bougé…

— Tu crois qu'elle est morte ? Faudrait pt'être aller vérifier quand même…

Marius réfléchit une minute, puis fit :

— Je pourrais descendre par là…

Charline observa à son tour le terrain, puis lâcha :

— Vas-y pas, tu vas rouler comme madame Robert…

Elle ajouta ensuite :

— Mais j'ai une idée !

Quelques instants plus tard, elle descendait dans le ravin, se retenant aux arbres et arbustes qui poussaient vaille que vaille sur la pente abrupte. En guise de corde et de baudrier, afin de l'empêcher de tomber, elle avait noué plusieurs vestes et blousons autour de sa taille, puis les uns aux autres, que les plus costauds de ses camarades tenaient là-haut. Veillant à poser ses pieds avec précision, elle descendait aussi rapidement qu'elle le pouvait, le cœur battant, inquiète et excitée tout à la fois. Les cailloux s'éboulaient sous elle, mais elle poursuivait sa descente, sans peur, mue par une inconscience et une intrépidité aveugle et par la confiance qu'elle plaçait entre les mains de Marius qui cramponnait sa corde improvisée. En tout état de cause, elle dévalait le ravin avec assurance, aidée par sa passion de l'escalade et sa souplesse. Enfin, elle aperçut la tache rouge du blouson de l'institutrice. Ayant encore dégringolé de quelques mètres, moitié sur les fesses, moitié en se retenant à tout ce qui passait sous ses mains, elle finit par l'apercevoir en entier. La quinquagénaire avait eu la chance exceptionnelle de voir sa chute stoppée par la souche d'un arbre déraciné par une lointaine tempête hivernale. Elle se tenait donc là, en équilibre précaire au-dessus des flots du torrent qui s'écoulait à plusieurs dizaines de mètres en contrebas. La fillette se laissa glisser jusqu'à elle, criant victorieusement à l'adresse de ses camarades restés en haut, un « je l'ai trouvée ».

Elle s'approcha avec précaution, un peu effrayée par son immobilité. Soudain, l'institutrice ouvrit les yeux, poussant un faible gémissement, essayant dans un sursaut de se relever. Hélas, elle s'était empalée la cuisse sur une branche et son mouvement brisa cette dernière. Un jet de sang, violent, jaillit aussitôt de la plaie.

Affolée, Charline se pencha vers sa maîtresse en hurlant :

— Faut pas bouger, madame Robert !

Les mains tremblantes, elle extirpa de sa poche le smartphone de la maman d'Émilie, composant hâtivement le numéro des secours. Elle tomba immédiatement sur Lowen, ce qui la soulagea.

— Madame Robert est vivante, je suis à côté d'elle, mais elle saigne vraiment beaucoup... Elle sera vide d'ici que tu arrives...

Il fut un instant tenté de lui demander comment elle pouvait être, elle aussi, dans le ravin, toutefois il préféra ravaler sa question inutile pour l'instant.

— Elle saigne où et comment ? Par jets ?

— Oui, ça fait comme une fontaine sur sa cuisse, c'est trop bizarre…

— Écoute Charline, c'est une hémorragie artérielle, tu vas prendre un pull ou un tee-shirt, puis appuyer de toutes tes forces sur la plaie. Tu peux faire ça ?

Avec précaution, elle posa le téléphone sur une pierre un tant soit peu stable, passant la communication sur haut-parleur. Ensuite, sans même se poser de questions, sans doute parce que c'était Lowen qui le lui demandait, elle enleva sa veste en polaire et sans hésiter, plaqua la boule de tissu sur la cuisse de la blessée. Cette dernière laissa fuser un cri de douleur qui pétrifia une fraction de seconde la fillette. Dans l'appareil, Lowen s'exclama :

— Appuie de toutes tes forces, Charline ! C'est douloureux pour elle, mais ça lui sauvera la vie ! Appuie maintenant !

Fustigée par la voix du pompier, elle sursauta et ses petites mains serrées sur le tissu, elle le pressa sur la plaie béante, faisant abstraction des gémissements de son institutrice. Au bout de quelques secondes, elle fatiguait déjà. Lowen, dans un brouhaha lointain de moteurs, l'encourageait à tenir bon. Alors, les dents serrées sur une résolution têtue, elle se cramponna, sans se préoccuper de ses bras tremblants ni du vide dans lequel elles pouvaient, la blessée et elle, tomber à tout moment. Sans doute ne réalisait-elle qu'imparfaitement leur situation. À plusieurs kilomètres de là, Lowen, lui, avait une pleine et entière conscience de tout ce qui pouvait arriver. Fébrilement, il avait sauté dans un Land Rover équipé pour les secours dans des zones peu accessibles, tandis que toutes sirènes hurlantes, une ambulance les suivait de son mieux. Il s'efforçait de garder le contact avec la fillette, adoptant le ton le plus posé que ses années d'expérience lui avaient inculqué. Intérieurement, il était terrifié, furieux aussi, même s'il savait que cette colère n'était que le fruit de son impuissance.

Pouvait-il en vouloir à l'enfant qui n'avait agi que mue par une impulsion de son âge ? Pouvait-il en vouloir à l'adulte accompagnante, rendue inutile par le choc ? Non, évidemment. Tout ce qu'il pouvait faire c'était compter sur la dextérité du chauffeur du véhicule tout-terrain et sur la force de caractère de la p'tite.

Enfin, ils parvinrent à quelques centaines de mètres du point de chute. Ils sautèrent hors du Land, saisissant le matériel sans avoir besoin de se concerter, dans une efficacité exacerbée par l'urgence. L'ambulance s'était arrêtée plus bas et son équipage avait déjà commencé à grimper la pente au pas de course ; tandis que Lowen réclamait depuis de longues minutes l'intervention d'un hélicoptère.

Ils dégringolèrent le talus sur lequel la plupart des enfants attendaient avec plus ou moins d'angoisse, l'un des pompiers s'arrêtant afin de les examiner et de les rassurer. Tandis que Lowen et trois autres sapeurs se précipitaient sur le sentier où une demi-douzaine de gamins tenaient une longue succession de blousons noués les uns aux autres, disparaissant dans le vide. Lowen ne se posa pas de plus amples questions. Il posa son sac à terre, entreprenant de s'équiper d'un harnais tandis qu'un de ses hommes sortait une corde d'escalade et enfilait, lui aussi hâtivement, un autre baudrier. Reconnaissant Marius, il fit, d'un ton rassurant :

— Tout va bien se passer les gars, ne vous inquiétez pas !

Puis, assuré fermement par la poigne solide de son adjudant, il se laissa couler en rappel dans le ravin. Le cœur battant, ne voyant rien, il lui sembla que la descente durait des heures. Enfin, il aperçut une tache rousse, fugitive entre deux arbres, puissante comme un feu de forêt. Un brusque soulagement l'envahit alors qu'il achevait sa descente.

Il parvint à côté de la fillette qui le considérait de ses immenses yeux d'un bleu translucide. Les mains rouges de sang, elle continuait à presser la plaie en un solide point de compression, non sans grommeler :

— Ah te voilà enfin !

Il esquissa un sourire, rassuré par la vitalité et l'énergie sans faille de la petite.

— On a fait aussi vite que possible, tu sais !

Tout en parlant, il avait sorti un harnais du sac qu'il portait sur les épaules et l'avait passé en un tour de main à la fillette. Il l'assura ensuite avec sa propre corde et seulement à cette seconde, il respira un peu mieux. Une fois Charline plus ou moins en sécurité, il s'intéressa alors à la blessée. Il remplaça la veste gorgée de sang, par un pansement compressif, vérifia les fonctions vitales de la quinquagénaire, avant de donner hâtivement quelques ordres dans sa radio sur la suite du sauvetage.

Il put alors faire remonter Charline sur le sentier, n'étant réellement soulagé que lorsqu'il entendit l'adjudant affirmer l'avoir réceptionnée puis en percevant dans la radio un strident et retentissant : « je vais très bien ». Plus serein, il se concentra sur la blessée, laissant de côté l'inquiétude mortelle qui lui avait étreint la gorge depuis qu'il avait eu ce coup de téléphone.

Finalement, les enfants furent pris en charge et emmenés jusqu'à différents véhicules survenus entre-temps. L'hélicoptère demandé arriva, à la joie immense de Marius, et l'institutrice put être évacuée rapidement vers l'hôpital d'Orange. Après le choc, le monde reprit son souffle, retrouvant son cours un instant heurté. Charline, quant à elle, refusa de quitter Lowen, tenant à assister à tout le processus de sauvetage. Au vu du courage et du sang froid incroyables qu'elle avait montrés, il jugea qu'elle avait bien mérité ce mince privilège.

Puis il l'embarqua dans le Land Rover, fière et plutôt contente de l'aventure, afin de la ramener directement chez elle. C'était bien le moins qu'il pouvait faire pour cette petite héroïne !

Chapitre 11

Hélas ! c'est pour celui qui reste que l'absence a le plus d'amertume !

Le vendredi soir (1835)

Alphonse Karr

Soulagés que tout se termine aussi bien et d'autant plus détendus, ils roulèrent quelques minutes en silence, la petite arborant un immense sourire qui faisait, non seulement pétiller ses yeux printaniers, mais creusait deux fossettes dans ses joues rosies par l'air frais. Elle avait exactement le même sourire que sa mère. Il le savait, il l'avait déjà remarqué. Aujourd'hui cependant, il en éprouvait une émotion accrue qui allait de pair avec la pleine réalisation de ce qu'il ressentait pour Félix. Sans doute le savait-il depuis un moment. Il en avait toutefois pris conscience lorsqu'il avait entendu la voix inquiète et interrogative de Charline sur la ligne téléphonique réservée aux urgences. Il avait eu l'impression d'avoir le corps parcouru par une lame de feu tandis qu'une froideur abyssale lui lacérait le cœur. Une peur violente l'avait presque figé, tandis qu'une pensée, fixe, tournait en boucle dans sa tête : Charline, la fille de Félix était en danger...

Le trajet de retour vers Chassagne, à travers des pistes plus ou moins carrossables, prit donc un air de vacances, tous deux allégés par la tournure des événements. Les nouvelles de l'institutrice étaient bonnes, elle s'en sortirait après un séjour hospitalier, rien de plus. Ils pouvaient donc souffler et laisser refluer leur peur.

Une fois sur la route, Charline demanda si elle pouvait mettre la sirène. C'est donc toutes sirènes hurlantes et les gyrophares tournant à plein, qu'ils stoppèrent devant le garage du village. Alertée par le bruit, Félix s'extirpa de sous une voiture dont elle changeait le pot d'échappement et tomba nez à nez avec Charline qui bondissait hors du véhicule rouge. La petite sauta dans les bras de sa mère tandis que le pompier coupait les hurlements stridents de la sirène. Il s'avança à son tour vers Félix, un sourire sans doute un peu crétin errant sur son visage sans qu'il n'y puisse rien. En dépit de sa cotte et des traces de cambouis sur ses mains, il la trouva d'une beauté à couper le souffle. Serrant sa fille, elle s'exclama d'une voix inquiète :

— Mais qu'est-ce que tu fais là, choupette ? Tu étais en sortie avec l'école !

Elle releva la tête, ajoutant :

— Lowen… Que se passe-t-il ?

Il s'avança vers elle, la prit dans ses bras, retrouvant dans un frisson de bonheur pur, la tiédeur de son corps contre lui.

— Tout va bien, murmura-t-il aussitôt afin de la rassurer.

Elle le repoussa néanmoins, plantant son regard dans le sien.

— Comment ça tout va bien ?

Il éclata de rire en voyant son air suspicieux, avant de s'exclamer :

— Ta fille est une héroïne, voilà ce qu'il y a !

Il lança un clin d'œil complice à la p'tite, qui répondit en criant :

— C'est vrai !

— Aujourd'hui, Charline a sauvé sa maîtresse, figure-toi !

— Oui, madame Robert est tombée dans le ravin, pis j'ai appelé Lowen et j'ai fait tout ce qu'il a dit… Enfin, sauf descendre dans le ravin, ça, c'était mon idée, ajouta-t-elle un ton plus bas.

— Quoi…, balbutia la jeune femme, les dévisageant tous deux avec incrédulité.

C'est alors qu'elle remarqua la poussière sur leurs vêtements, les cheveux emmêlés de sa fille et surtout les traces de sang qui les maculaient, constellant le tee-shirt de sa fille et l'uniforme de Lowen.

Son visage devint livide, tandis que cramponnant sa fille, elle s'écriait :

— Lowen, qu'est-ce qui s'est exactement passé ?

En quelques secondes, il lui décrivit succinctement le déroulement des événements, sans pourtant entrer dans les détails. Charline approuvait avec excitation, voire rajoutait son grain de sel, faisant blêmir sa mère au fur et à mesure, sans même s'en apercevoir.

À la fin du récit, Félix se pencha vers Charline, chuchotant d'une voix qu'elle tentait de maîtriser :

— Tu veux bien aller mettre des vêtements propres et ensuite on fera un goûter, d'accord ?

La p'tite hurla un oui sonore, avant de disparaître dans une galopade bruyante.

Félix prit une profonde inspiration, tentant de vaincre les battements sourds de son cœur, essayant en vain, de contenir son affolement. Elle considéra Lowen, les lèvres crispées sur une peur viscérale qui, soudain, semblait vouloir l'étouffer. Elle ne pourrait pas vivre à nouveau ça ! Vivre avec cette terreur lovée tel un serpent au plus profond de son cœur. Non. C'était impossible ! Cette inquiétude larvée avec laquelle elle s'était construite, puis qui, telle une malchance ou un pied de nez du destin, l'avait poursuivie encore en rencontrant Bastien… Elle ne pouvait plus vivre ainsi ! C'était au-dessus de ses forces !

Elle réprima un gémissement, de colère, de souffrance aussi, elle ne savait plus vraiment ce qu'elle éprouvait, hors que son cœur était en miette et qu'elle n'avait pas d'autre solution afin de les protéger elle et sa fille. Elle réprima les larmes qu'elle sentait poindre dans un bouillonnement amer de sa gorge. Elle serra les poings, lâchant d'une voix blême :

— Va-t'en Lowen, s'il te plaît va-t'en et ne reviens pas…

Il la regarda sans comprendre, les mots ne parvenant pas à se frayer un chemin dans son cerveau. Il resta donc là, hébété, ne sachant que penser ni comment réagir. Il avança une main vers elle, afin de la prendre dans ses bras, afin de la rassurer, afin de lui dire enfin ce qu'il ressentait pour elle, mais elle le repoussa d'un geste sec, presque brutal.

— Je ne veux plus te voir ! Dégage d'ici !

La violence des mots le choqua moins que l'expression de la jeune femme. Ses yeux, pourtant si tendres d'habitude, n'étaient qu'un trait sombre, glacé. Jamais il n'aurait pensé qu'elle pouvait montrer autant de froideur, surtout à son encontre ! Il ouvrit la bouche, effrayé, bafouillant :

— Félix écoute, je comprends que tu puisses être en colère, mais Charline va bien, tout va bien !

Il renonça à lui répliquer qu'elle ferait mieux d'en vouloir à la maman qui accompagnait le groupe qu'à lui-même, cependant à la place, il se contenta de murmurer :

— Je t'aime Félix…

Elle sursauta, pâlit un peu plus, reculant d'un pas comme s'il l'avait frappée.

— Va-t'en !

Puis elle tourna les talons, le laissant planté là, désemparé, au milieu du garage.

Chapitre 12

Notre plus grande gloire n'est point de tomber, mais de savoir nous relever chaque fois que nous tombons.

Confucius

Il ne savait combien de temps il resta là, stupide, sans parvenir à réaliser la succession des événements. Sans bien savoir comment, il se retrouva dans son véhicule puis dans un sursaut machinal, il rentra à la caserne. Sur le chemin du retour, alors qu'il conduisait sans bien savoir ce qu'il faisait, l'esprit bourdonnant et le cœur pétrifié, il reçut un appel d'urgence qui eut le mérite de focaliser ses pensées sur un autre sujet. Avec une sorte de rage désespérée, il repoussa l'image de Félix. Mettant sirène et gyrophare, il accéléra, les mâchoires crispées, lançant abruptement des ordres dans sa radio, organisant déjà tout ce qu'il y avait à faire.

Quelques heures plus tard, il était à bord de l'un des camions-citernes spécialement équipés pour les feux de forêt, afin de rejoindre les forces antifeu disponibles. Un incendie, au départ simple feu de broussailles, s'était développé au-dessus de la Sainte-Victoire jusqu'à devenir presque incontrôlable. Menaçant à présent les villes alentour et progressant vers Marseille, poussé par un Mistral qui se levait d'heure en heure plus fort.

Très vite, mettant ses équipes en place, il s'était retrouvé cramponné à sa lance incendie, transpirant sous son casque en plastique rouge et ses lunettes de protection qui lui englobaient la moitié du visage.

Il s'efforçait de ne penser à rien d'autre qu'aux chênes verts qui s'embrasaient devant lui et qu'il éteignait dans une lutte opposée et pourtant connexe.

Au bout de plusieurs heures, épuisé, il ne fonctionnait plus que par réflexes, presque anesthésié par la chaleur du brasier, par le grondement dévorant des flammes qui s'emparaient des pins, transformant les pommes sèches en grenades de feu. Au-dessus du brasier ronflant, des oiseaux tournaient en nuées avides, saisissant en une orgie implacable les mille insectes qui tentaient d'échapper à une mort certaine, se précipitant vers une autre sans même le savoir. Lapins, blaireaux et chevreuils, s'enfuyaient en bonds paniqués, frôlant parfois les pompiers dans leur affolement. Le poil roussi, les yeux exorbités de terreur, ils couraient droit devant eux, cherchant à échapper au brasier hurlant qui décimait leur habitat.

Ni insensible ni indifférent au drame qui secouait les pinèdes, Lowen s'acharnait au contraire à avancer, grignotant mètre après mètre, les lèvres serrées, le visage tendu sous un voile de suie, de poussière et de crasse, fixé sur un seul objectif : vaincre cet adversaire qui se dressait devant lui. Comme si le feu représentait un ennemi, sa propre Némésis, depuis ce jour où Loïc était mort... Aujourd'hui, face à l'incendie, il combattait la douleur de son cœur brisé, de ses illusions perdues, de cet amour fragile qui ne demandait qu'à croître et qu'un mot avait suffi à tuer. Il ne voulait même pas imaginer une vie où il n'entendrait plus le rire de la jeune mécano, où il ne sentirait plus la douceur de son regard clair se perdre dans le sien, où il ne passerait plus sa main dans la soie fluide de ses cheveux, où il n'aurait plus l'occasion de se réveiller, effleuré par le frôlement de ses doigts, tandis que son corps doux épousait le sien avec une tendre harmonie. Il ne pouvait, non plus, concevoir un monde où Loïc n'aurait pas été là, avec ses idées loufoques, sa passion des jeux vidéo et des mangas. Pourtant, la réalité était là : le monde continuait à tourner sans lui et certainement le ferait-il, malgré ce que Félix avait bien pu lui dire.

Alors, avec rage, il tenait sa lance, les dents grinçantes sur un rictus furieux et désespéré. La chaleur brûlante du brasier, ses pensées éparses, ne pouvaient que le ramener des années en arrière, à cette journée, à cet instant précis où il avait compris que son frère était mort.

À cette époque, il était en première année dans une école d'ingénieur, son rêve devenu réalité. Après de brillants résultats en classe préparatoire, il avait eu le choix et intégré l'école nationale d'ingénieurs de Brest. Toute sa famille était si fière, à commencer par son frère, même si ce dernier affirmait que jamais il ne ferait des études pareilles, non merci ! Lui se passionnait pour l'art et le dessin. Ainsi, après son bac, avait-il décidé de s'orienter vers une école de graphisme. Pour l'instant cependant, il était en pleines révisions, le bac approchant à grands pas. Il avait compris, un peu tard, qu'il avait peut-être trop musardé au cours de cette année. Il s'était donc astreint à un planning de révisions, se tenant assis à son bureau malgré les journées radieuses qui s'écoulaient. Ce jour-là était un samedi. Lowen ne pourrait jamais l'oublier. Il aurait dû rentrer la veille. Pourtant, il avait repoussé son retour au lendemain afin de participer à une fête étudiante dans laquelle il avait, non seulement bu à outrance, mais aussi emballé sans effort une jolie blondinette. C'est donc l'esprit léger, quoique encore embrumé par l'alcool ingurgité la veille, qu'il avait remonté l'allée menant à leur maison familiale, songeant que sa vie était parfaite. Le chemin de terre traversait les champs qui offraient déjà une verdeur acidulée de blé tendre, tandis que, plus loin, les vaches ruminaient dans de belles prairies ombragées. Les pissenlits jaillissaient dans une explosion de jaune vif, recouvrant talus et pâturages de leurs larges feuilles, tandis que les pommiers achevaient une tardive floraison. Tout était si paisible, presque immuable dans le cycle saisonnier.

Il ne revenait jamais chez lui sans éprouver une émotion empreinte de respect pour son père qui, année après année, s'évertuait à faire survivre la ferme familiale dans une tradition remontant à une dizaine de générations. Il avait hérité des terres de son propre père et après avoir testé à petite échelle une agriculture biologique, il avait, au fil du temps et des expériences, complètement abandonné le tout chimique au profit d'un respect des sols. C'était une décision courageuse, difficile et Lowen l'admirait pour ça. Même si bien évidemment, les rentrées financières n'étaient pas à la hauteur ni du temps ni des efforts fournis. Son père se tuerait à la tâche, c'était à prévoir. C'est pourquoi, en aucun cas, ce dernier ne souhaitait voir ses fils reprendre le domaine.

Chevauchant la moto qu'il s'était lui-même payée au fil de travaux saisonniers, Lowen était parvenu chez lui, dans un ultime virage qui contournait un verger de pommiers et de vieux cerisiers. La ferme, en lourdes pierres grises, était là, posée, robuste et impavide, faisant face aux siècles, accrochée à cette terre rude, dans une illusion que rien ne pourrait l'abattre. Sur le coup, il ne comprit pas vraiment ce qui se passait. Lorsqu'il arrêta sa moto et enleva son casque, il fut frappé en premier par le bruit, grondement sourd, haletant, d'une bête affamée, crépitement d'objets se brisant, conjugué au souffle chaud et fétide de l'haleine d'un monstre se repaissant de chair fraîche. Sans même s'en rendre compte, il s'était mis à trembler ne pouvant détacher son regard des flammes avides qui léchaient les murs, s'échappaient des fenêtres et ravageaient les hangars adjacents. Puis soudain, il s'était mis à hurler le prénom de son frère, dans un cri d'agonie, d'impuissance et d'horreur absolue. Les pompiers étaient survenus dans les minutes qui avaient suivies, trop tard pour sauver la vieille demeure, trop tard pour sauver le jeune lycéen...

Lowen ne s'était pas remis de la mort de son jeune frère. Rongé par la culpabilité, il avait arrêté ses études, du jour au lendemain, l'esprit focalisé sur une seule pensée : s'il était rentré plus tôt, sans doute aurait-il pu sauver Loïc. Alors, avec une sorte de rage alimentée par un esprit de vengeance, parce qu'il avait un compte à faire payer au feu, il avait passé les tests d'entrée des sapeurs-pompiers. Sans surprise, il les avait brillamment réussis. Il avait alors débuté une autre vie, tourné une page, celle de la légèreté, afin d'en commencer une plus amère, propulsé en quelques secondes dans une réalité d'adulte, responsable et surtout voué à sauver d'autres personnes. Il n'avait pas réussi à protéger Loïc, mais peut-être pourrait-il le faire pour d'autres ?

Les gendarmes, après une rapide enquête, en étaient arrivés à la conclusion que le feu avait pris depuis le hangar mitoyen, se propageant ensuite à la maison. Ce n'était pas un accident, tout au contraire, c'était un incendie volontaire. Il relevait de la manière de procéder d'un pyromane, sévissant depuis quelques mois déjà dans la région. C'était néanmoins la première fois où il y avait un mort. Jusque-là, il s'était contenté de mettre le feu à des granges ou des bâtisses isolées, vides et inutilisées. Les gendarmes avaient pris l'affaire très au sérieux. Cela n'avait pas enlevé au jeune Lowen, une envie atroce de retrouver le coupable et de le faire payer. La vengeance semblait à ces moments-là un délicieux nectar. Souvent il avait imaginé traquer le meurtrier de son frère, le retrouver puis l'enfermer dans une grange et le brûler vif à son tour... Mais voulait-il devenir un criminel ? Souhaitait-il s'abaisser à un tel niveau d'abjection ? La réponse était non, bien évidemment. Il aurait pu, au lieu de pompier, devenir gendarme et, en toute légalité, poursuivre des assassins. Toutefois, son caractère le portait vers la construction et l'altruisme, non vers la répression. Aider et lutter pour les autres, paraissaient plus en corrélation avec son tempérament.

Au vif regret de ses parents, il avait donc laissé tomber sa future carrière d'ingénieur, afin d'entrer dans le corps des sapeurs-pompiers de Paris. Les assurances avaient payé et la ferme avait été reconstruite. Cependant, rien ne ferait revenir Loïc. La famille s'était éloignée, les liens s'étaient distendus, chacun gérant sa douleur dans son coin. Lowen, lui, avait embrassé avec une passion dévorante, la rage chevillée au cœur, cette profession dangereuse qui devint très vite toute sa vie.

Aujourd'hui, il était là, luttant de front contre son ennemi naturel, l'ennemi de tous les pompiers, celui qui faisait d'eux des soldats : le feu. Aujourd'hui, il portait la bague que son grand-père avait toujours arborée et qu'il avait offerte à Loïc le jour de son entrée au lycée. Son jeune frère avait reçu ce présent avec émotion, et l'avait porté avec tant de fierté. Aujourd'hui, il se battait comme si cette lutte pouvait encore le sauver, comme si cette bataille presque vaine, pouvait aussi lui ramener Félix, son rire en cascade et son corps de velours.

Chapitre 13

*Nous ne sommes jamais aussi mal protégés contre
la souffrance que lorsque nous aimons.*

Sigmund Freud

Félix, s'était couchée tôt, effondrée par tout ce qui s'était passé, horrifiée par les dangers invraisemblables que sa fille avait courus et tout aussi fière d'elle. Elle était parcourue par un maelstrom d'émotions, opposées, intenses, qui la laissèrent les yeux grands ouverts sur la nuit, le cœur exsangue et le visage inondé de larmes.

Même la présence rassurante et douillette de Gladiator ne parvint pas à la consoler. Au petit matin, elle s'était levée, la tête bourdonnante, épuisée, les cheveux en bataille et le cœur en déroute. Toute la nuit, elle avait revécu l'annonce de la mort de son père, l'officier des bérets verts, mort en service dans une contrée lointaine, lors d'une mission classée top secrète et qui, à jamais, resterait inconnue pour elle. Elle venait d'avoir treize ans et son père était mort. Il était parti un matin, pour ne jamais revenir. À peu de détails près, elle avait revécu la même déchirure lorsqu'on lui avait annoncé la disparition de Bastien, lors d'une OPEX au Mali. Son monde, à nouveau, s'était écroulé. Voulait-elle encore revivre les mêmes affres ? Comme si deux fois n'avaient pas suffi ? En rencontrant Lowen, en tombant sous son charme, elle n'avait pas pensé se mettre en danger, mettre en danger sa fille, et pourtant... Elle aurait dû réfléchir deux minutes au lieu de se laisser entraîner dans une voie sans issue, par la douceur de son regard sombre et la tendresse de son sourire. Les pompiers aussi faisaient face chaque jour à des dangers, voulait-elle à nouveau trembler et sangloter de peur pour un homme ? Gérer l'absence, oui, elle savait faire, elle était fille de militaire, mais gérer à nouveau la mort, ça, c'était au-dessus de ses forces.

Pourtant, elle était encore en larmes en se levant avant l'aube. Sa décision, brutale, désespérée, d'éloigner Lowen des restes de sa famille, ne l'avait nullement apaisée. Elle s'était douchée, pleurant sous l'eau chaude des larmes brûlantes. Pleurant sur son père, sur Bastien et sur les derniers mots que Lowen lui avait murmurés et qu'elle n'avait pas voulu écouter. Ils la rongeaient toutefois, comme gravés au fer rouge dans ses pensées. Elle s'était ensuite habillée, avec une sorte de rage et de colère qu'elle retournait contre elle-même, puis avait gagné son atelier, attrapant ses outils et se tournant résolument vers ce qu'elle savait faire : réparer ce qui était réparable. La mécanique lui avait toujours apporté cet apaisement satisfaisant que permet la résolution de problèmes. Alors, comme elle ne savait pas remettre d'aplomb les humains, elle arrangeait les voitures, elle les bichonnait et les remettait à neuf, songeant que c'était déjà ça qui fonctionnerait dans ce monde, à défaut d'autre chose.

Comme toujours, la radio marchait en sourdine, apportant un dérivatif à ses pensées, les nouvelles régionales succédant aux drames internationaux et aux chansons. Peu à peu, renouant avec des gestes familiers et rassurants, elle s'apaisa, presque convaincue d'avoir eu la bonne réaction. Soudain, un flash spécial interrompit une chanson nostalgique de Serge Gainsbourg, lâchant un lapidaire :

« Nous apprenons à l'instant que quatre pompiers seraient cernés par le feu qui ravage actuellement toute la région d'Artigues. Ils seraient coincés dans leur camion. Le mistral attisant l'incendie, tout secours semble compromis afin de sortir les hommes de là. Nous vous tiendrons informés de l'évolution de la situation. En attendant, un peu de musique. »

Félix fit tomber sa clef qui rebondit sur le sol en béton dans un bruit sourd, n'entendant même pas la suite, les oreilles bourdonnantes, submergée par une peur viscérale qui la laissa tremblante. Les mots tournant en un leitmotiv fou dans sa tête, elle sortit son smartphone de l'une des grandes poches de sa combinaison de mécano, effleurant les touches de l'appareil, composant dans une hâte terrifiée le numéro de Lowen. En cet instant, rien d'autre ne comptait que d'entendre sa voix et de le savoir vivant. Tant pis, s'il s'imaginait ensuite on ne sait quoi. Qu'il soit en vie était l'essentiel.

Le téléphone sonna dans le vide, longtemps, nul ne répondit. Affolée, elle se cramponna à l'idée que sans doute, il ne voulait plus lui parler, après la manière brutale avec laquelle elle l'avait jeté au sens propre et figuré. Si c'était simplement ça, c'était un moindre mal songea-t-elle, les mains tremblantes et les doigts hésitant sur la prochaine étape. Faisant fi de son amour-propre, n'écoutant que les battements désemparés de son cœur, elle composa le numéro des urgences. Tant pis si elle avait l'air idiote et tant pis si toute la caserne rirait d'elle par la suite. Tout ce qui comptait, c'était de savoir Lowen en sécurité. Rien d'autre.

Une voix affirmée et pourtant d'une neutralité professionnelle, répondit dès la troisième sonnerie.

— Vous êtes en ligne avec les pompiers, quelle est votre urgence ?

— Bonjour, désolée d'encombrer la ligne, mais j'ai entendu les nouvelles et je voudrais juste savoir si le sergent Lowen Le Guen fait partie des pompiers coincés dans l'incendie.

— C'est une information confidentielle, le nom des sapeurs ne peut pas être diffusé, au revoir.

— Non, ne raccrochez pas ! Je vous en prie, je suis Félix, la petite amie de Lowen. J'ai tenté de l'appeler, mais en vain. Dites-moi juste qu'il n'est pas là-bas, rien de plus… S'il vous plaît…

La personne, à l'autre bout du téléphone, se racla la gorge, adoptant soudain un timbre moins neutre.

— Vous êtes Félix, la mécano de Chassagne, c'est ça ?

Félix hocha la tête, laissant échapper un oui, dans un filet de voix presque inaudible. Sans doute savait-elle déjà ce que son interlocuteur allait lui répondre, avant même que les mots fatidiques ne sortent de sa bouche.

— Écoutez, je n'ai pas le droit de vous en dire plus, mais le sergent Le Guen fait en effet partie de l'équipage du CCF actuellement bloqué par le feu.

Comme soudain plongée dans une eau polaire, son corps, son cœur, semblèrent se figer tandis qu'elle devenait d'une pâleur translucide. Ses jambes la lâchèrent, vacillante, elle se laissa tomber sur le béton froid, n'entendant plus que lointainement ce que l'autre continuait à dire. Sans doute des paroles vaines et rassurantes. D'un mouvement du pouce, elle coupa la conversation, le cœur dévasté par une angoisse profonde comme un puits, effarée de constater que toutes ses peurs se concrétisaient déjà, terrifiée en comprenant que sa rupture avec Lowen n'avait servi à rien. Elle se sentait toujours concernée par tout ce qui pouvait lui arriver. Ses sentiments n'avaient cure des mots qu'elle avait pu prononcer. Son cœur vivait une vie indépendante, sur laquelle elle n'avait nul contrôle. En cet instant, il hurlait de douleur, sa souffrance se répercutant dans son crâne, la laissait pantelante, en petit tas misérable, assise sur le béton de son atelier.

Une pensée, atroce, prit soudain tout l'espace, faisant battre ses tempes tandis qu'une main invisible et glacée semblait lui enserrer la gorge. Elle gémit, sans même s'en rendre compte. Cette pensée, odieuse, insupportable, la força à se mettre debout et la précipita dans sa maison. Moins d'une heure plus tard, elle roulait à tombeau ouvert, passant les vitesses de sa vieille Jeep comme si elle pilotait une voiture de sport. Le regard fixé sur la journée qui se levait, n'apercevant toutefois pas les paysages défiler devant ses yeux, ne voyant que l'incompréhension de Lowen lorsqu'elle avait rompu.

En quelques minutes, sa décision avait été prise ! Elle avait réveillé Charline tout en lui préparant un sac avec quelques affaires, puis elle l'avait emmenée chez Evie. Cette dernière, les yeux bouffis de sommeil, émergeait à peine. Sans plus d'explications, elle avait embrassé sa fille et sauté dans sa voiture en tremblant. Le visage tendu, elle n'avait plus qu'une seule et unique pensée, obsédante, qui, occupant tout l'espace, la poussait à accélérer, à rouler encore plus vite, comme si chaque seconde pouvait faire la différence entre la vie ou la mort. Une migraine menaçait, battant douloureusement ses tempes. À un feu rouge, elle en profita pour fouiller dans son sac à main, en retira une plaquette de comprimés d'ibuprofène, en avala deux qu'elle fit glisser avec une gorgée de café qu'Evie lui avait préparé dans un thermos. Le liquide lui brûla la gorge, la faisant tousser, ce qui lui permit de reprendre pied avec une autre réalité que celle dans laquelle Lowen mourrait. Le feu passa au vert, elle monta ses vitesses comme sur une Mustang, essayant néanmoins de se calmer. Se tuer en voiture n'aiderait sans doute personne !

Chapitre 14

Enfer chrétien, du feu. Enfer païen, du feu. Enfer mahométan, du feu. Enfer hindou, des flammes. À en croire les religions, Dieu est né rôtisseur.

Victor Hugo

Tout à coup, de manière imprévisible, le vent s'était renforcé, passant en quelques secondes à une force toute en bourrasques ulcérées qui pliaient les cimes des chênes, secouaient les pins et surtout, apportait un surcroît d'oxygène au démon brûlant, lui permettant de s'alimenter, l'aidant à sauter les pare-feux naturels ou ceux défrichés par les hommes. Qui pouvait résister à une telle folie ? Les pompiers firent front, comme toujours, mais tout était devenu brutalement incontrôlable, il fallut très vite battre en retraite jusqu'à une zone où il serait possible de contenir l'abominable.

Au sein du brasier, les équipages reçurent l'ordre de repli. Lowen, tremblant de fatigue, appela ses hommes et leur fit signe de gagner leur véhicule, un petit, mais non moins solide camion-citerne, parfaitement adapté aux difficiles missions de forêt. Avec inquiétude, Lowen vit le feu redoubler, s'élever en grondant sous la violence du mistral. Il poussa ses trois hommes vers le CCF, leur ordonnant de laisser les lances où elles étaient, subitement conscient de la gravité de la situation : ils devaient sortir de là et vite !

Stéphane, le chauffeur, sauta sur son siège, tandis que les autres prenaient place dans la cabine, soulagés d'être dans un espace rassurant et non plus en confrontation directe avec le brasier hurlant. Stéphane tourna la clef d'un geste décidé. Toutefois, le camion, après un petit hoquet malheureux, s'étouffa dans un gargouillis pitoyable. Son chauffeur laissa échapper un chapelet de jurons. Il frappa le volant, ce qui ne changea rien. Le véhicule, pour une raison indéterminée, refusait tout service. L'un des hommes, réalisant avec terreur ce qui risquait de leur arriver, ouvrit la portière, s'apprêtant à sauter à terre. Lowen, le chef et responsable de leur groupe, poussa un rugissement qui, une seconde, parvint à dominer la clameur de l'incendie.

— Ferme cette porte ! Qu'est-ce que tu crois faire ?

— On va cramer ici si on reste ! On a pt'être une chance en partant à pied, les autres équipes ne sont pas loin…, répliqua son collègue, les yeux traversés par une peur incontrôlable.

Lowen ne lui répondit pas, il saisit la radio du véhicule et lança d'un ton aussi posé que possible :

— CCF en panne, équipage bloqué, la ligne de feu s'est rapprochée, à vous.

La radio grésilla, quand enfin, une voix répondit, faisant pousser un court soupir de soulagement aux quatre hommes.

— Les autres groupes ont tous évacué, quelle est votre situation ?

Lowen jeta un bref coup d'œil dans le rétroviseur, ce qu'il vit lui fit monter une suée froide.

— Le feu a coupé nos arrières…

Il hésita une seconde avant de rajouter d'un ton ferme, du moins aussi assuré qu'il lui était possible, les mots hésitant, à franchir la barrière de ses lèvres, son esprit regimbant devant l'énormité de ce qu'il allait dire. Pourtant, quelle autre option avait-il ? Aucune. C'était la seule et unique, sans doute celle qui, avec un peu de chance, les sauverait ou du moins leur offrirait le taux le plus élevé de chance de survie. Il considéra ses équipiers, conscient d'avoir la responsabilité de leur vie entre ses mains. Stéphane, son jeune adjudant, Yves le vieux pompier volontaire et Sélim qui espérait entrer chez les pompiers professionnels. Ils étaient là, le visage sale, tendu vers lui, attendant ses ordres, attendant les mots qu'il laisserait tomber, tel un couperet dans la radio.

Il ferma les yeux, prit une brusque inspiration puis lança d'un ton ferme, d'une voix qui ne tremblait pas :

— Tous les personnels sont sécurisés dans le CCF, nous allons mettre en place l'autoprotection active. À vous.

Il sentit les regards des trois hommes converger vers lui, il se redressa tandis qu'à l'autre bout de la radio on lui répondait un « bien reçu » sec.

Il raccrocha l'appareil et avant que les autres puissent protester, il jeta d'un ton coupant.

— Allez fermer les vannes d'aspiration et de refoulement, puis mettez en marche le système de protection thermique.

Les trois sapeurs le considérèrent avec effarement, trop effrayés sans doute pour ne pas rester figés. Il ouvrit sa porte, répétant d'un ton presque cassant :

— Fermez les vannes et bougez-vous !

Quelques minutes plus tard, ils étaient à nouveau assis dans l'habitacle du camion, protégés à présent par les jets continus qui pulvérisaient l'eau sur les vitres ainsi que sur les pneumatiques. Les hommes, terrifiés, regardaient l'incendie se rapprocher de seconde en seconde, n'osant penser au moment où il serait assez proche du camion pour les cuire au court-bouillon. Lowen se tourna vers eux, les considérant l'un après l'autre, avant de faire d'un ton empreint d'une certitude absolue, qu'il n'éprouvait pourtant pas. L'essentiel était de conserver le moral de ses équipiers et de les rassurer :

— Eh bien, les gars, nous n'avons plus qu'à attendre que le feu passe. Ce véhicule a été construit pour une telle éventualité, nous sommes en sécurité. Tout va bien.

Le plus jeune, Sélim, murmura d'une voix blanche :

— Mais chef… le pare-brise va pas résister à la chaleur, il va exploser !

— Ne t'en fais pas, il est conçu pour une très haute résistance thermique. On aura un peu chaud, mais tout va bien aller. Crois-moi.

Le jeune homme sembla un peu rasséréné, il se rencogna dans son siège, son masque à oxygène à portée de main, l'air néanmoins moins angoissé. L'aura de Lowen, ancien pompier de Paris, son grade aussi, semblait fonctionner à plein, par chance. Même s'il doutait lui-même, il devait offrir une parfaite maîtrise de lui à ses équipiers. C'était le moins qu'il pouvait faire ! Il jeta un bref coup d'œil à Yves, qu'il sentait lui aussi anxieux bien qu'il le cachât mieux que le jeune sapeur.

— Yves tu feras l'inventaire de l'eau et de ce qu'on a. On va certainement passer un petit moment ici avant que les secours ne puissent intervenir.

Les maintenir actifs, ne pas les laisser trop à leurs pensées intérieures, même si dans l'habitacle réduit du camion, cette stratégie allait vite trouver ses limites. Il saisit la radio, fit part succinctement de leur situation avant de raccrocher. L'incendie crachait des turbulences de flammes qui ne tarderaient plus à les submerger. Sans le vouloir, il songea à Félix, se demandant pour la millième fois le pourquoi de son attitude, une telle réaction lui ressemblant si peu ! Il avait lu dans ses yeux une telle épouvante, un tel affolement, sans commune mesure pourtant avec le danger que sa fille avait encouru. Sans doute avait-elle eu une peur rétrospective terrible, mais de là à le jeter comme une vieille chaussette usagée, il y avait un fossé ! Surtout qu'elle ne faisait pas partie de ces mères à la surprotection hystérique. Au contraire, elle la laissait faire de nombreuses expériences, ce qui permettait à la petite d'avoir une profonde confiance en elle. Donc qu'était-il arrivé ? Pour quelles affres de son passé payait-il ? Quels monstres avait-il sans le savoir, sans le vouloir, réveillés par inadvertance ? Il l'ignorait et sans doute, au vu de la tournure des événements, allait-il l'ignorer jusqu'au bout… Il serra les poings, cette perspective faisant monter en lui une colère folle, peut-être était-ce ce qu'il regretterait le plus : ne pas savoir, ne pas avoir compris le pourquoi de cette rupture, tellement brutale, tellement imprévisible. Rien n'aurait pu présager une telle réaction. Il pensait que Félix éprouvait des sentiments pour lui, il ne croyait pas s'être trompé à ce point ou alors il était complètement dingue ! Ils avaient une complicité naturelle, une symbiose de goûts, ils éprouvaient, de surcroît, une attirance physique mutuelle sur laquelle, en aucun cas, il n'avait pu se méprendre. Alors ?

Il laissa fuser un soupir, enleva ses gants en cuir, essuya son visage transpirant, couvert de poussière et de suie, songeant avec nostalgie aux moments délicieux qu'ils avaient passé tous deux. Comment cela pouvait-il s'arrêter là ? Maintenant ?

Toutes les heures, le poste de liaison radio les contactait, leur apportant un soutien moral non négligeable dans leur situation. Ils s'étaient partagé les quelques litres d'eau et attendaient passivement, mais non sans inquiétude, que le feu fasse son œuvre. La radio les tira une fois encore de leur semi-torpeur, les faisant presque sursauter. Lowen répondit d'un ton à la fois fatigué et désabusé :

— Lowen ?

Sur l'instant, il crut qu'il déraillait, car la voix qui résonnait dans le micro n'avait rien à voir avec celle du pompier chargé de la radio. C'était un timbre frais, doux, qui le fit imperceptiblement trembler comme si soudain son âme assoiffée trouvait une source où s'abreuver.

— Félix, balbutia-t-il en se redressant à demi, ne pouvant en croire ses oreilles.

— Oh Lowen, c'est toi ! Je suis tellement heureuse de t'entendre, si tu savais…, s'exclama la jeune femme, dans un cri de soulagement brisé de sanglots, qu'elle réprima toutefois.

— Mais… mais comment ? ne parvint-il qu'à bredouiller, le cœur tressautant de joie, et d'une incompréhension tout aussi grande.

Quelle importance ! Il se laissa envahir par la houle de bonheur provoquée par la présence impalpable de la jeune femme.

— Peu importe ! J'ai essayé de t'appeler et c'était impossible…

Il perçut son souffle haché et l'émotion qu'elle tentait de maîtriser, avant de poursuivre :

—Depuis que j'ai entendu l'info à la radio, je n'ai eu qu'une seule pensée, ridicule, et pourtant…

Il la laissa reprendre une courte respiration, se retenant de lui demander ce qu'elle souhaitait dire, ce qu'elle lui voulait après qu'elle l'avait balancé comme un opercule usagé. Elle reprit, d'une voix plus hésitante, toutefois emplie d'une tendresse palpable qui inonda son cœur, le faisant frissonner comme si son sang transportait une drogue euphorisante.

— Pourtant, je ne pouvais pas te laisser croire que… que je n'éprouvais rien pour toi, parce que c'est faux !

Il l'entendit inspirer lentement, tandis qu'il oubliait du même coup comment respirer, suspendu à ses mots comme un naufragé attend et espère la moindre poignée de riz !

Elle reprit, un ton plus bas, inconsciente sans doute que toute leur conversation était écoutée par les autres pompiers, ou peut-être le savait-elle et peu lui importait.

— J'ai eu peur, Lowen, j'ai déjà vécu ça, j'ai déjà perdu des personnes auxquelles je tenais dans des situations non identiques, mais cependant similaires. Je ne veux pas que cela se reproduise… Plus jamais ! Alors j'ai pensé que t'éloigner nous protégerait Charline et moi, mais ce n'est pas le cas… Je t'aime Lowen. Rien de ce que je peux dire ou faire ne changera mes sentiments pour toi. Je t'en prie, accroche-toi !

Il perçut le sanglot qu'elle ravalait, avant d'ajouter dans un souffle précipité :

— Je veux explorer l'avenir avec toi, alors je t'en supplie, reviens !

Les paroles de la jeune femme le firent vaciller, à moins que ce ne soit la chaleur, à présent suffocante, les deux à la fois semblait toutefois plus vraisemblable. Le cœur bouillonnant, il agrippait si fort le micro de la radio que sa main tremblait. D'une voix basse, presque chancelante, il répondit comme si les trois pompiers n'étaient pas là, comme si Félix se trouvait seule face à lui, comme s'il pouvait plonger son regard dans le sien d'un vert plein de promesses et d'espoir. Peu importait du reste, ses coéquipiers, le feu brûlant qui cernait le camion et grondait tel un fauve furieux. Ne comptait que le lien de leurs voix unies, pleines d'attentes et de terreur aussi.

— Ne t'en fais pas, tout va bien se passer, tu n'es pas prête d'être débarrassée de moi…

Il voulut ajouter qu'il l'aimait, lui confier mille et un mots rassurants, mais la radio coupa avec une brutalité qui le laissa une seconde interloqué, figé dans une frustration pleine de colère. Il se maîtrisa pourtant, reposant le micro sur son support dans un geste sec, bien loin toutefois de son envie de le fracasser contre le pare-brise. Il essuya son visage dégoulinant de sueur, jugula du mieux qu'il put ses émotions tandis que Sélim marmonnait en souriant :

— Ben, chef, ça va pas si mal pour vous ! Vous croyez qu'une nana va aussi m'appeler ?

Les hommes éclatèrent de rire, en dépit de la situation, relâchant un peu de la tension qui les habitait depuis des heures déjà. Le cœur soudain léger, Lowen fut lui aussi pris d'un fou rire nerveux, alors même que les flammes venaient lécher leur véhicule comme autant de langues de succubes.

Chapitre 15

Un bonheur que rien n'a entamé succombe à la moindre atteinte ; mais quand on doit se battre contre les difficultés incessantes, on s'aguerrit dans l'épreuve, on résiste à n'importe quels maux, et même si l'on trébuche, on lutte encore à genoux.

Sénèque

Le feu, animal vivant, insatiable, dévorait les collines, emportant dans un semblable tourment de fumée les vies végétales, celles des petits insectes et celles de tous ceux qui s'étaient retrouvés piégés. Le ciel, ce matin-là, était lourd de cendres, gris de toutes les vies envolées que le mistral ne parvenait même plus à laver. Quelque part le soleil brillait, mais au-dessus des pinèdes ravagées, tout n'était qu'un brouillard lourd au goût amer de fumée et de désolation. Il faudrait des décennies avant que les coteaux arides des collines se couvrent à nouveau de chênes et de pinèdes au vert pétillant et à l'odeur pénétrante de résine. Il faudrait du temps pour qu'elles retrouvent une vie végétale et animale dense, riche, pleine des bruissements hâtifs des garennes en quête de serpolet ou du grincement lancinant des cigales énamourées. Pour l'heure, elles n'étaient plus qu'un désert minéral, fumant, noir, où seules les silhouettes fantomatiques des arbres morts debout, attestaient de ce qui était, quelques heures auparavant, une forêt grouillante de vies et qui, à présent, n'était plus qu'un cimetière à l'allure de scène de guerre.

Au milieu de cette désolation, des hommes luttaient sans s'avouer vaincus, se battant pour chaque mètre carré dans une bataille inégale.

Coupant à la tronçonneuse les arbres morts, écroulés au milieu du chemin, ils progressaient avec une lenteur doublée d'une ténacité certaine. Rien ne les ferait reculer. Enfin, après des efforts incommensurables, ils aperçurent la forme spécifique de ce qu'ils s'ingéniaient à chercher depuis des heures. Presque fébrilement, ils se précipitèrent vers le CCF qui semblait avoir survécu à une guerre. La peinture, d'ordinaire d'un rouge joyeux, n'était plus qu'une grisaille boursouflée et certains endroits semblaient avoir été poncés au papier de verre. Le vent et les flammes étaient passés sur le petit camion en une tempête de feu d'une violence absolue : il était admirable de le retrouver en aussi bon état ! Les sauveteurs coururent vers l'avant du véhicule, leurs rangers soulevant des tourbillons d'une poussière âcre, encore brûlante. Les portières ne s'ouvrirent qu'à l'aide des pieds de biche. Enfin, ils purent retrouver l'équipage coincé toute la nuit dans un océan de flammes. Avaient-ils survécu ? C'était bel et bien la seule et unique question qui agitait tous les pompiers, pas seulement en cette minute, mais depuis des heures déjà.

Le médecin se jucha d'un bond sur le marchepied du camion, jetant un coup d'œil inquiet à l'intérieur de la cabine. Les quatre pompiers étaient affalés sur leurs sièges, sans bouger, couverts d'une poussière grise, comme si un volcan avait craché sur eux toute sa colère. Avec une hâte qui dissimulait mal son anxiété, il prit le pouls du plus proche, rabattant le col de sa veste de protection, cherchant dans sa jugulaire un semblant d'espoir. Soudain, sous ses doigts, il sentit un imperceptible flux, un faible battement qui n'était autre que la vie.

Avec un soulagement intense, il se retourna en hurlant :

— Il est vivant !

En quelques minutes, les hommes furent extirpés du camion, avant d'être confiés à deux ambulances qui dégringolèrent les chemins de terre aussi vite et avec autant de précautions qu'elles le pouvaient, avant de s'élancer, sirènes mugissantes, vers l'hôpital d'Instruction des Armées Laveran, situé à Marseille.

Un peu secoué et brinquebalé, Lowen revint partiellement à lui, apercevant un goutte-à-goutte branché sur son bras gauche, tandis qu'une voix apaisante murmurait des mots qu'il ne comprenait pas, mais qui pourtant le laissaient tremblant, démuni et néanmoins rassuré.

Avec difficulté, il parvint à balbutier un « Félix » hésitant, avant de sombrer à nouveau dans l'inconscience.

Après un laps de temps qu'il était incapable d'évaluer, il ouvrit les yeux, apercevant un plafond blanc, sentant le contact de draps frais quoique un peu rêches sur sa peau, tandis qu'une douleur lancinante irradiait de son bras droit. Une odeur âcre de désinfectant imprégnait l'atmosphère, alors qu'alentour, on percevait un brouhaha ténu d'individus affairés et de chariots hoquetant sur du linoléum. Sans avoir besoin de l'analyser pleinement, il reconnut l'atmosphère particulière d'un service hospitalier. Il battit des paupières s'efforçant de rassembler ses idées.

Ce qui le fit sortir de sa torpeur, ce fut le poids léger, tiède, appuyé contre lui. Il bougea sa main gauche, encore valide semblait-il, effleurant du bout des doigts la masse douce, soyeuse, d'une chevelure qui s'étalait, éparse sur le lit. Réveillée en sursaut, la personne se redressa, rejetant dans un mouvement de feu, les mèches flamboyantes de ses cheveux.

— Tu es réveillé ? Comment te sens-tu ? s'écria-t-elle avec un enthousiasme angoissé, tout en s'asseyant sur le bord du lit. Il esquissa un vague sourire, pas même surpris de la voir là, comme si sa présence était tout ce qu'il y avait de plus naturel. Il leva sa main sur laquelle était branchée une perfusion, caressant son visage, lâchant dans une sorte de rire un peu coassant :

— J'ai l'impression d'être un Kouign-amann resté trop longtemps au four, sinon ça va.

Elle gloussa sous sa piètre plaisanterie, moins à cause de l'humour, que des tensions accumulées depuis ces dernières vingt-quatre heures qui retombaient brusquement. Elle se pencha vers lui, effleura ses lèvres d'un baiser délicat, comme s'il était devenu soudain un objet un peu fragile qu'il fallait toucher avec précaution. Malgré son bras bandé et douloureux, il l'attira contre lui avec une joie un peu extatique, glissant sa bouche sur la sienne, buvant à sa source une tendresse, un amour, qui le vivifia plus que ne l'aurait fait n'importe quel médicament ! Le temps s'écoula, sans prise sur eux, accrochés à leurs émotions, à leurs sensations, à une parenthèse de sérénité absolue.

Une infirmière coupa toutefois ce moment de retrouvailles, poussant la porte de la chambre dans un geste brusque de général en mission. Ils se séparèrent en tressaillant. Félix se retourna, les joues en feu, tandis que l'infirmière, retenant un sourire, vérifiait les constantes du blessé. Elle redressa un peu le lit avec une autorité toute militaire, remarquant avec une gentillesse palpable malgré sa brusquerie :

— On peut dire que vous revenez de loin, sergent ! En tout cas, hormis quelques brûlures vous êtes en pleine forme. Le médecin passera tout à l'heure. Avez-vous faim ?

Il hocha la tête, réalisant tout à coup qu'il était affamé.

— Parfait, je vais vous faire envoyer un repas. En attendant, du repos !

Elle repartit, emportant avec elle son efficacité rude de gouvernante Victorienne. Ils se regardèrent avant d'éclater d'un rire communicatif. Enfin, il reprit le premier son sérieux et enlaçant ses doigts aux siens, il murmura :

— Comment as-tu fait pour être là ?

Elle haussa une épaule, comme si ce n'était rien d'autre qu'un détail, avant d'expliquer sous la pression de son regard sombre :

— Facile, j'ai pris ma jeep !

Puis elle déroula le récit de sa courte épopée, passant sous silence son angoisse, la certitude presque absolue qu'elle avait qu'il ne revienne pas, lui aussi. Elle avait réussi à passer le barrage érigé par les gendarmes, à force de sourires et de persuasion, sans doute avaient-ils compris que rien ne pourrait ni l'arrêter ni la dissuader. Puis, le visage tendu par une angoisse qui la laissait pantelante, tirée par une peur bien trop connue, elle avait déboulé à tombeau ouvert dans le QG de campagne des sapeurs-pompiers, érigé en pleine colline. Comme avec les gendarmes précédemment, elle avait usé de sa voix tremblante de détresse afin de savoir comment allait Lowen, puis tel un miracle, elle avait obtenu de lui parler quelques secondes, obsédée par la seule idée qu'il meure là-bas au milieu des collines, sans avoir su combien il comptait pour elle, sans savoir qu'elle l'aimait, elle aussi. Le cœur brisé qu'il puisse partir en songeant à leur ultime rencontre, à ses derniers mots qui étaient à l'opposé de ce qu'elle éprouvait.

Alors tant pis si le camion de communication était bourré de pompiers de tous âges et de tous grades, tant pis si chacun la regardait avec une stupéfaction apitoyée. Tout ce qui comptait en cet instant, c'était qu'il sache qu'elle l'aimait. Rien d'autre. L'entendre avait été un bonheur absolu, une sorte de miracle qui, une fois la radio hors d'usage, sans doute à cause de la chaleur du brasier, l'avait laissée ébahie, le cœur cognant à grands coups sourds et les mains tremblantes.

À présent que pouvait-elle faire hors ce qu'elle faisait le mieux ? Avec un naturel étrange, elle avait sorti sa caisse à outils du coffre de sa Jeep. Puis toute la nuit, elle avait réparé des engins fatigués, prenant le relais de mécaniciens épuisés. À la simple lueur d'une lampe frontale, elle avait redémarré des camions-pompes, purgé des radiateurs encrassés par les cendres qui saturaient l'air et s'était glissée sous des véhicules afin de rafistoler des pots d'échappement mis à mal par le terrain. Les heures avaient coulé, lentes et étrangement intenses, dans un brouhaha de moteurs, d'allées et venues, d'ordres lancés dans une obscurité trouée par les lueurs crues de puissants projecteurs.

Là-bas dans les collines, le ciel rougeoyait dans un embrasement qui illuminait la nuit. Avec ténacité, elle avait refusé de laisser ses pensées dériver vers l'horizon, vers cette incandescence qui enflammait le ciel, écartant rageusement la moindre peur qui l'aurait inévitablement paralysée. Lowen était fort, quoi qu'il se passerait là-haut, il en reviendrait. Pour eux, pour elle, pour cet avenir qu'elle lui avait fait entrevoir, auquel elle croyait avec l'énergie du désespoir.

Chapitre 16

Le verbe aimer est difficile à conjuguer : son passé n'est pas simple, son présent n'est qu'indicatif et son futur est toujours conditionnel.

Jean Cocteau

Ce soir-là, Félix était reparti à Chassagne retrouver sa fille, l'esprit à la fois rasséréné, le cœur comblé et pourtant inquiète. Elle s'était garée devant la modeste maison d'Evie, puis avec hâte, en avait grimpé le perron en pierre usée et poussé la porte. Les enfants jouaient bruyamment dans la chambre de Marius, tandis qu'Evie préparait le dîner dans la cuisine. Au son de la porte, s'ouvrant dans un raclement, elle cria :

— Félix, c'est toi ? Je suis dans la cuisine, chérie !

La jeune femme s'avança, humant avec bonheur les arômes d'une tourte en train de cuire.

Evie terminait de laver une salade, ce qu'elle faisait avec une efficacité déroutante malgré ses ongles à la manucure impeccable. Déposant les feuilles dans un saladier, elle se retourna, accueillant son amie d'un sourire soulagé.

— Alors ?

Fatiguée après une nuit blanche et beaucoup trop d'émotions, Félix se jucha sur un tabouret, s'accoudant au plan de travail en bois clair. Avec un soulagement palpable, elle fit le récit succinct de sa nuit et surtout du sauvetage des pompiers, en particulier de celui qui comptait pour elle.

— Oh, mais voilà qui est fantastique ! On va fêter ça ! s'exclama Evie en sortant une bouteille de vin d'un placard.

Elle en remplit deux verres, puis s'installa face à son amie. Elle leva son propre verre en disant d'un ton assuré :

— Aux pompiers et à nos amours !

— À nos amours, qu'ils durent toujours et surtout à mon pompier !

Elles choquèrent leurs verres, savourèrent le vin en silence pendant quelques secondes, avant qu'Evie remarque :

— Alors te voilà prête à passer le cap ?

— Quel cap ?

— Tu utilises un possessif en parlant de Lowen, au cas où tu ne l'aurais pas remarqué...

Félix rougit, se donna une contenance en buvant une nouvelle gorgée de vin, bougonnant on ne savait quoi.

— Écoute, chérie, c'est bien, tu ne vas pas rester toute ta vie à jouer les piétas ! Donc, oui, avance et si pour toi c'est envisager une relation unique d'appartenance à un seul homme, je trouve ça parfait !

— C'est sûr que ma conception de l'amour va à l'encontre de la tienne...

— Non ! Par contre, on est différentes, c'est ce qui fait le sel et le poivre de la vie, non ? Tout le monde ne peut pas être polyamoureux, c'est pt'être aussi bien !

Félix éclata de rire sans pouvoir se retenir, le vin associé à la fatigue ainsi qu'à son cœur baignant dans une douce euphorie, tout concurrençait à la mettre en joie.

— Polyamoureux, j'te jure Evie, mais c'est quoi ce mot ! Tu aimes les mecs et tu ne veux pas d'engagement, tu es pt'être un brin nympho, mais polyamoureuse…

Elle tressauta de rire sur le dernier mot, des larmes coulant de ses yeux qu'elle essuyait en gloussant de plus belle.

Pas vexée pour un sou, Evie mêla son rire au sien, avant de reprendre un tout petit peu de sérieux.

— Je ne suis pas nympho chérie ! Je suis gourmande ! Donc, appelle ça comme tu veux, on a juste des visions diverses des relations amoureuses. Toi, tu as une vision en focus quand j'ai une vue panoramique. Ça ne veut pas dire que je les aime pas mes mecs. Bon OK, pas tous, mais je tombe aussi amoureuse, qu'est-ce que tu crois !

Sous l'œil plein de rire de Félix, elle ajouta avec une sorte de moue :

— D'accord, je tombe amoureuse cinq ou six fois par semaine, d'accord… Ça n'empêche que c'est épatant que tu aies trouvé quelqu'un capable de te faire sortir de ta coquille. Chacun voit son bonheur et son équilibre où il veut, il n'y a pas de règles ou de normes ! Alors si toi c'est d'être avec ce mec, plutôt très mignon d'ailleurs, mais fonce, ma chérie ! Ne laisse pas de place à la réflexion, écoute ton cœur, rien de plus !

Chapitre 17

Le vrai bonheur ne dépend d'aucun être, d'aucun objet extérieur. Il ne dépend que de vous-même.

Dalaï Lama

Les quatre sapeurs-pompiers n'avaient, en fin de compte, souffert que de quelques blessures superficielles, brûlures pour l'essentiel. La presse avait, durant quelques jours, fait ses choux gras de l'affaire, les propulsant au rang éphémère de héros. Sélim appréciait ! Il recevait de nombreux messages admiratifs sur les réseaux sociaux, provenant de jeunes filles dont il s'empressait de noter les coordonnées. Avoir frôlé la mort avait donc du bon ?

Lowen, profitait des visites quotidiennes de Félix sans chercher à voir plus loin que son sourire lumineux. Il s'ébahissait déjà assez de la voir débarquer, chaque matin, tel un tourbillon de flammes, heureuse, apportant avec elle la tiédeur printanière, les fragrances des fleurs s'éveillant de l'hiver, s'épanouissant sous un soleil revenu. Comment faisait-elle pour gérer à la fois son garage, s'occuper de sa fille et faire chaque jour un aussi long trajet jusqu'à l'hôpital ? Il l'ignorait. Lorsqu'il avait voulu lui en parler, elle avait éclaté de rire, l'avait embrassé en disant que ce n'était pas ses affaires. Elle se débrouillait. Puis, un ton plus bas, elle avait ajouté que rien ne pouvait concurrencer le miracle qu'il soit là, vivant. Au bout de quelques jours à peine, il avait eu l'autorisation de sortie. Félix, radieuse dans une robe blanche qui dévoilait ses jambes déjà bronzées, résultat de longs footings en short sans doute, glissa ses doigts entre les siens, et heureux ils passèrent les portes coulissantes de l'entrée, lesquelles se refermèrent derrière eux dans un chuintement feutré, les laissant sur le perron, face à l'avenir. Leur avenir.

Mais, pour l'heure, ce furent trois journalistes qui leur sautèrent littéralement dessus. Interloqué, Lowen s'arrêta, effaré par leurs questions et leur présence tout simplement ! D'une voix ferme, accompagnée d'un geste, il leur signifia qu'il ne voulait pas leur répondre, toutefois, l'un d'eux lui bloqua le passage, tendant un micro comme il aurait brandi une arme.

— Vous êtes considéré comme un héros, comment le vivez-vous ?

Alors qu'il s'apprêtait à l'ignorer, voire à le pousser, Lowen se retourna, en proie à une soudaine irritation :

— Un héros ? Moi ? Vous êtes dingue ! Tous les sapeurs-pompiers en sont, le fait d'avoir survécu à cet incendie ne fait pas de moi un héros, un type chanceux d'avoir eu un véhicule spécialement équipé, ça oui.

— Néanmoins, c'est vous qui avez sauvé vos trois collègues !

— Je n'ai fait qu'appliquer une procédure d'urgence, qui s'est avérée efficace parce que nul n'a paniqué. Si vous pensez que ça, c'est de l'héroïsme, libre à vous !

Il haussa les épaules, sans rien ajouter, laissant les journalistes interloqués, avant de monter dans la

Jeep de Félix, que cette dernière était partie chercher dans l'intervalle.

Ils roulèrent un moment en silence, profitant de la beauté changeante des paysages illuminés par la douceur de la saison. Ils traversèrent les plaines barrées par les haies ancestrales des cyprès qui protégeaient les terres fertiles, dans lesquelles leurs racines plongeaient et s'accrochaient depuis des siècles, en dépit de tout. Ils s'étaient adaptés au mistral, forçant leur tronc à se ployer dans le sens du vent, offrant, non pas une moindre résistance, mais une ténacité adaptée. Ensuite, la voiture avait grimpé les premières collines couvertes d'oliviers aux feuilles moirées, tandis que les coteaux des contreforts alpins arboraient, eux, des dégradés de tonalités pastelles, comme si un peintre fou était venu jeter sa palette sur les vergers d'amandiers et de pêchers. Les pétales blancs ou roses se dispersaient dans une brise tendre, qui avait remplacé la violence du vent venu du nord. Bientôt le 4X4 attaqua des routes aux virages resserrés, agrippées dans un effort constant aux pentes abruptes de montagnes, dont les marnes friables ressemblaient à des frémissements éléphantesques. L'érosion avait joué son rôle à plein, dévoilant de lourds blocs de grès, le vent ou les pluies n'ayant fait que les sculpter dans un lent abrasement.

C'était un moment apaisé, un instant rare où il n'était nul besoin de mots pour se comprendre. Il la regardait conduire, admirant le modelé ferme et doux de son visage, la dextérité affirmée de sa main passant les vitesses, tandis que sa robe remontée sur ses cuisses, dévoilait un monde de promesses. De temps à autre, elle lui renvoyait un sourire où espoir et soulagement se bousculaient, tandis que son regard vert frémissait d'un bonheur oublié. Dans une sorte de pari fou sur l'avenir, elle avait relégué ses peurs dans les catacombes du passé et ce matin, radieuse, libérée, elle s'engageait sur une voie semée de dangers, qu'elle imaginait pouvoir franchir si sa main serrait celle de Lowen. Pendant longtemps, elle avait gardé fermée la porte de son cœur, close sur une souffrance que jamais plus elle ne voulait affronter. Aujourd'hui pourtant, c'était avec une sorte de bonheur pétillant, presque rageur, qu'elle abordait les ultimes virages menant à Chassagne.

Quelques minutes plus tard, elle se garait devant son garage dans un crissement de freins. Elle songea qu'il faudrait qu'elle trouve cinq minutes afin de les vérifier, pensée parasite qui l'encombra, à l'instant même où Lowen remarquait d'un ton neutre :

— Tu n'étais pas censée me déposer à la caserne ?

Ses pommettes s'empourprèrent, alors qu'une main sur la portière, elle s'apprêtait à descendre. Elle se tourna vers lui avec une grâce naturelle qui, une fois de plus le frappa, le laissant le souffle court, le cœur aux abois.

— Si tu y tiens vraiment, je suis toujours à temps de t'y emmener…

Ils se perdirent quelques secondes dans le regard de l'autre, avant qu'il réponde enfin :

— Ne te donne pas cette peine, je suppose que je survivrai à la compagnie de Gladiator.

Elle lui lança un coup d'œil plein de rire, tandis qu'elle rétorquait :

— Ne t'avance pas trop. Héros peut-être, mais face à Gladiator, tu n'es rien !

Puis elle lui tira la langue avant de sauter sur le trottoir.

En rentrant de l'école, en fin de journée, Charline eut la surprise de trouver Lowen installé dans le canapé avachi du salon, Raoul en boule sur ses jambes et Gladiator couchée sur le tapis, le surveillant d'un œil. Il lisait posément une bande dessinée qu'il avait trouvée dans la bibliothèque de Félix, lorsqu'un typhon, en salopette et couettes rousses se jeta sur lui, faisant glapir Raoul qui fila se réfugier sous un meuble.

— Lowen ! s'écria-t-elle dans un hurlement qui le fit tout autant sursauter que le renard.

— Qu'est-ce que tu fais là ? ajouta-t-elle en s'installant sans vergogne à moitié sur lui.

— Ta mère m'a kidnappé à la sortie de l'hôpital, répliqua-t-il tout en la repoussant afin de refermer la BD et la poser sur la table basse.

— Ah trop bien ! Tu vas rester chez nous alors ? cria-t-elle avec une sorte de joie débordante, tandis que la porte menant à l'atelier s'ouvrait dans un grincement.

Félix, sa cotte nouée par les manches autour de sa taille, se laissa tomber sur un accoudoir en disant :

— Bah j'ai pensé qu'après son accident, c'était moche qu'il soit tout seul, qu'en penses-tu choupette ?

— T'as eu trop raison !

D'un bond, elle sauta par terre, puis fila dans la cuisine en criant qu'elle allait préparer des tartines. Parfois, les situations ne demandaient pas plus d'explications !

Félix retint un rire, elle préféra néanmoins se laisser glisser entre les bras de Lowen, qui, s'il était surpris par la facilité avec laquelle la petite l'avait accepté, choisit de se focaliser sur la douceur de la bouche de Félix plus que sur toute autre chose ! Une seconde, il se demanda s'il pourrait un jour se lasser d'elle, de sa tendresse, de sa fraîcheur, de son rire pétillant, de ses courbes qui lui donnaient le vertige. Il décida que non, la serrant un peu plus fort contre lui de son bras valide, repoussant farouchement tout ce qui aurait pu nuire à la félicité de cet instant.

Ce fut donc avec un naturel confondant de simplicité que Lowen s'adapta à la vie de Félix et de sa fille. Il était en arrêt pour quelques semaines, non seulement en raison de ses brûlures, mais aussi à cause d'un suivi psychologique auquel il devait s'astreindre afin de pouvoir réintégrer son poste. Les heures passées au sein de la fournaise de l'incendie, face à sa propre mort, à celle de ses collègues aussi, pouvaient avoir laissé de nombreuses séquelles psychologiques. Il était inenvisageable qu'il retourne sur le terrain sans être certain de ses capacités.

Ce qui l'aida, ce fut moins le psychologue qu'il dût consulter, que la présence de la jeune mécano et de sa fille. Le traumatisme de l'incendie, de ce sentiment de piège inéluctable, s'estompait au profit d'un bonheur qui le surprenait chaque jour par son intensité croissante. Un seul regard de Félix transformait sa journée, elle était sa drogue, son adrénaline, il n'avait besoin de rien d'autre.

Tout semblait si simple. Même Gladiator l'avait accepté, quoiqu'elle grommelât toujours un brin. Elle tolérait pourtant qu'il déambule dans la maison comme s'il était chez lui. Elle se contentait de le suivre de ses yeux noirs, perçants, au cas où. La nuit, elle préférait à présent la passer avec Raoul, dans la chambre de Charline, beaucoup plus calme ! La première nuit, elle s'était retrouvée les plumes hirsutes de surprise, le lit tanguant au gré d'une houle qui la fit déguerpir en grognant des imprécations, avec toute la dignité d'une douairière constatant que son chaperonnage a été vain ! Depuis lors, elle se dirigeait chaque soir vers la chambre de la petite, où, sautant sur sa couette, elle s'arrangeait un nid confortable, repoussant Raoul et quelques peluches s'il le fallait.

Chapitre 18

Ce dilemme, perte ou salut, aucune fatalité ne le pose plus inexorablement que l'amour.

Victor Hugo

Au cours de ces nuits, trop agitées pour l'oie, ils se découvraient chaque fois un peu plus, entre sensualité des corps et acceptation des âmes. Un soir, alors qu'elle était lovée, nue, entre ses bras, un rayon d'une lune impudique effleurant la courbe voluptueuse de ses hanches, il murmura, sans pouvoir s'en empêcher, presque plus pour lui-même que pour elle :

— Tu es belle...

Elle éclata de rire, avant de se rouler, impudique et mutine sur lui.

— Non, j'ai des vergetures sur le ventre, les mains calleuses et je véhicule un agréable parfum de cambouis !

Redessinant sa taille fine de ses mains, il secoua la tête :

— Ton corps raconte ton histoire, c'est ce qui le rend si beau, unique ! De toute façon, qui voudrait toucher un corps glacé de perfection ? Personne ! Enfin pas moi en tout cas ! C'est toi qui m'attires, toi dans toute ton humanité, avec tes expériences, bonnes et mauvaises, qui t'ont amenée à être ce que tu es en cette minute même. C'est ce que je veux, un être humain, pas une créature répondant à des canons d'une beauté codifiée, standardisée, forcée et factice. Toi tu es vivante, tu es une femme dans sa pleine dimension et c'est ce qui te rend si belle…

Malgré l'obscurité, à peine troublée par les rayons de la lune, il la vit ou plutôt la sentit rougir. Sans rien ajouter, il l'attira contre lui pour un long baiser qui n'avait nul besoin de mot. Enfin, poussé par la nécessité de savoir, il osa lui demander :

— Raconte-moi, pour le père de Charline…

Félix se redressa, le cœur soudain saisi d'un grand froid.

— Que veux-tu savoir ?

Alarmé par sa réaction, il l'attira à nouveau contre lui en murmurant :

— Rien et tout à la fois. Je veux tout savoir de toi, et le père de ta fille fait partie de ta vie, que je le veuille ou pas.

Elle poussa un profond soupir avant de s'installer plus commodément au creux de son épaule et de dire :

— Je comprends… Il n'y a guère de quoi en faire un roman, tu sais ! Mais bon. Mon père était un béret vert, un commando, lorsqu'il est mort mon monde s'est partiellement écroulé. Même si je vivais chez mon Papet, mon père était le centre du monde, de mon monde. Alors quand à seize ans, j'ai rencontré Bastien, j'ai cru retrouver en lui la part de héros de mon père. Il était passé au garage de Papet, par hasard, parce que sa moto faisait un bruit bizarre. J'étais toute seule, Papet m'avait confié le garage comme souvent. J'ai été immédiatement subjuguée par son regard clair, son demi-sourire un peu trop assuré, sa carrure aussi. J'étais jeune et stupide…

Elle soupira, replongeant dans ces souvenirs qu'elle avait enfouis au plus profond de son cœur, puis reprit.

— Bref, j'étais folle. En une seconde je me suis laissé sidérer par son aura et je suis tombée amoureuse de lui. Il avait cinq ans de plus que moi, c'était facile de m'impressionner. Il était soldat, comme mon père, et peut-être était-ce le détail qui avait balayé toute raison. J'étais jeune, mais cela n'a pas compté, ni pour lui ni pour moi. C'était sans doute ce qu'on peut appeler un coup de foudre. Lorsqu'il est entré dans l'atelier et qu'il a enlevé son casque, j'suis restée là, tremblante, fascinée, sans pouvoir détourner mon regard. C'était gênant, cela aurait dû l'être, mais comme il semblait aussi pétrifié, ça ne le fut pas ! Il s'était engagé juste après son bac. Il n'était pas basé dans le Sud, alors il venait quand il le pouvait. Je l'attendais. Je ne vivais, ne respirais que lorsqu'il était là. Mon père était décédé quelques années auparavant, j'étais seule, même si Papet faisait de son mieux, comme il l'avait toujours fait. Mais mon monde s'était rompu et à cette époque, seul Bastien parvenait à m'assurer une nouvelle stabilité. Lui seul m'empêchait de couler. Pour mon père, pour Bastien, je me suis accrochée, me cramponnant comme une palourde à son rocher. Toi qui es breton, cette image devrait te parler, hein ! Bref. J'ai eu mon bac technique à dix-sept ans, j'ai fait ensuite un BTS de mécanique que j'ai obtenu à dix-neuf, enceinte et aussi ronde qu'une éléphante de mer ! Bastien, lui, allait et venait au gré de ses missions dont il ne parlait pas. Il avait été promu tireur d'élite et si rien en apparence n'avait changé, tout était déjà bouleversé par ce détail qui n'en était pas un… De mon côté, je n'avais pas saisi l'ironie du destin qui se jouait de moi. J'étais simplement fière de lui, qu'il soit parvenu, à force de travail et de pugnacité, à un tel niveau. Je ne voyais qu'un horizon rose se dérouler devant nous. Comme je n'avais jamais eu de famille au sens commun du terme, j'ai décidé de créer la mienne. La famille idéale, celle qui, à elle seule, pourrait vaincre les ténèbres. C'était une illusion, mais j'y ai cru. Bastien aussi, je ne peux pas lui envoyer toutes les pierres. Il a fait ce qu'il croyait juste, même si cela nous a conduits au désastre. J'avais toujours voulu avoir des enfants, aussi lorsque je suis tombée amoureuse de Bastien, c'est devenu une évidence. Charline n'est pas une erreur comme la plupart des gens le croient : c'est une enfant désirée, voulue, c'est l'enfant de l'amour… Lorsqu'elle est née, si minuscule, si bruyante aussi, elle fut le ciment qui fit de nous une famille. Ce fut une période un peu étrange, j'avais emménagé avec lui dans sa base et, si la vie militaire n'était pas une surprise pour moi, celle d'être mère, d'avoir une famille, était presque euphorisante. À un moment, il est parti en OPEX, c'était prévu, cela m'inquiétait, mais pas autant que j'aurais dû. Il s'est donc embarqué pour le Mali, lui et son fusil de précision. Il n'est jamais revenu.

Elle refoula des larmes emplies d'une amertume trop vieille pour qu'elle se laisse à nouveau affecter.

— Je suis désolé, chuchota-t-il avec sincérité, comprenant soudain un peu mieux pourquoi elle refusait avec autant de fermeté toute nouvelle attache sentimentale.

Elle chassa la douleur, lancinante telle une vieille cicatrice, lui répondant simplement :

— C'était il y a longtemps. Charline avait à peine deux ans. Elle ne se souvient pas de Bastien, c'est peut-être aussi bien comme ça. Nous avons trouvé un équilibre toutes les deux. C'est vrai, je n'ai pas la vie dont je rêvais, du reste, qui peut se vanter de l'avoir ; mais j'ai ma fille, j'ai ma famille même si Bastien n'en fait plus partie...

Il hésita avant de remarquer :

— C'est pour cela qu'il n'y a pas de photo de lui ici ? Même pas dans la chambre de la p'tite ?

Il la sentit se raidir, avant de lâcher d'un ton froid dans lequel il perçut une faille, une déchirure profonde ainsi qu'une colère qu'il ne comprit pas.

— Il nous a laissées ! Il nous a trahies ! Nous avons dû, Charline et moi, faire face à sa disparition, toutes les deux, elle demandant où était son papa et moi qui ne pouvais pas lui répondre. Alors entretenir un mausolée à son souvenir, non ! Hors de question !

Il l'interrompit d'un geste, essayant d'endiguer le flot de ressentiment qui montait en elle avec la force d'une lame de fond. Il glissa ses doigts dans ses cheveux en un geste apaisant, en faisant d'un ton posé et tendre.

— Il n'a pas fait exprès de mourir...

Elle se redressa, belle et nue dans la nuit. Ses yeux scintillaient des larmes qu'elle refusait de laisser couler, tandis que sa poitrine se soulevait au rythme d'une colère rentrée, qu'il espérait ne pas être tournée vers lui.

— Laisse tomber Lowen, s'il te plaît !

Elle se leva, attrapa un tee-shirt, s'en vêtit, tandis qu'il tentait de la retenir. Elle lui renvoya un court sourire, effleura ses lèvres d'un baiser, avant de dire :

— Tu ne peux pas comprendre… Je vais chercher quelque chose à boire dans la cuisine, je te ramène quelque chose ?

Il hocha silencieusement la tête, d'accord avec tout : l'idée d'une bière fraîche et sur son inaptitude totale à cerner la situation ! Il l'entendit descendre l'étroit escalier en bois qui craqua sous ses pieds nus tandis qu'il se rallongeait pensivement sur le lit, bouleversé, en appui sur son bras indemne. L'autre supportait encore quelques pansements sous lesquels des brûlures plus ou moins profondes, achevaient de cicatriser. Il laissa échapper un mince soupir, songeant à la mort de Loïc. Après tout, chacun gérait la disparition, la douleur de l'absence, comme il le pouvait. Peut-être était-ce en effet plus simple de tout remiser dans un passé qu'on verrouillait fermement. Il n'avait aucun droit de juger. Loïc, qui aimait asséner des citations à tout bout de champ, lui aurait certainement jeté ce proverbe Amérindien qu'il affectionnait par-dessus tout : « *Tu ne peux pas juger un homme sans avoir marché deux lunes de suite dans ses mocassins.* »

Comment pouvait-il critiquer Félix ? Il n'avait rien vécu de semblable, il ne savait même pas la charge qu'un enfant pouvait représenter ! Et puis, sans doute ne s'était-elle pas beaucoup fourvoyée : Charline était une fillette vive, intelligente, épanouie. Elle ne semblait souffrir d'aucune carence affective grave, du moins avait-elle réussi à acquérir un équilibre, ce qui était l'essentiel.

Les jours suivants, poussé par une curiosité alimentée par son désœuvrement, il chercha sur internet afin de comprendre qui était Bastien Geoffrey. Bizarrement, comme si une opération nettoyage avait eu lieu ou qu'il n'avait jamais existé, il n'y avait rien sur lui, hormis un grand vide. Pas une seule photo, rien. Ni son nom ni son visage d'ailleurs ne faisaient partie de la liste des soldats morts en opération au Mali. Il relut le listing deux fois afin d'en être certain, mais non, il n'avait pas la berlue : Bastien ne semblait jamais avoir fait partie de l'armée française. Où était le mensonge ? Qui mentait et surtout pourquoi ?

Chapitre 19

Le devoir est cruel, mon amie ; mais s'il n'y avait
pas un peu de peine à l'accomplir, où serait
l'héroïsme ?

Henri Beyle, dit Stendhal

Il repoussa ces interrogations, se concentrant plutôt sur sa propre réhabilitation psychologique. De surcroît, la vie en compagnie de Félix et de sa fille était beaucoup trop douce, trop joyeuse pour qu'il se laisse gagner par des suspicions sans fondement. Après tout, c'était sans doute une simple et bête omission de la part du stagiaire du secteur informatique du ministère de la Défense, qui avait mal recopié la liste. Il n'y avait guère à chercher plus loin.

Son bras cicatrisant, le psychologue ne tarda pas à signer son approbation pour un retour en service. Avec plaisir, il retrouva son uniforme, sa routine rassurante au gré d'interventions plus ou moins complexes, mais qui, depuis des années, étaient son quotidien. Il aimait penser que ce qu'il faisait n'était pas anodin et pouvait faire la différence. En tout cas, pour Charline, cela faisait toute la différence !

La remplaçante de madame Robert, Aurélie Ramirez, jeune professeur des écoles pleine d'énergie et débordante d'idées, demanda à chaque élève de la classe de venir présenter son héros. C'était très intimidant, très sérieux aussi puisqu'il fallait pouvoir fournir un argumentaire, simple mais crédible. Marius se lança le premier, faisant un exposé passionné sur Batman. Il l'avait préparé dans les moindres détails, apportant même des photos qu'il passa sur un vidéoprojecteur qui illustrèrent ses paroles. Pour un enfant de sept ans, c'était très impressionnant.

Puis ce fut au tour de Charline, qui sautilla les mains dans les poches jusque devant le bureau de la nouvelle maîtresse. Ses tresses dansaient dans son dos, tandis que son regard bleu pétillait d'une lueur assurée.

— Alors Charline de quel héros vas-tu nous parler ?

Un demi-sourire satisfait retroussa ses lèvres, lorsqu'elle lança d'une voix affirmée :

— Eh ben, je vais parler d'un vrai héros qui est aussi balèze que le chevalier de Bayard. Il s'appelle Lowen Le Guen et il est pompier. Il a survécu à un feu, parce qu'il est sans peur et sans reproche !

Quand Félix alla chercher sa fille, l'institutrice lui fit signe qu'elle voulait lui dire un mot. Un peu alarmée, la jeune femme s'avança, se demandant ce que sa jeune dragonne avait bien encore pu inventer ou qui elle avait à nouveau tapé afin de défendre une juste cause.

— Vous êtes bien la maman de Charline n'est-ce pas ?

Félix acquiesça, de moins en moins rassurée.

— Charline est une petite fille formidable, je tenais déjà à vous le dire. Elle a fait, tout à l'heure, un exposé qui était de loin le meilleur que j'ai pu entendre ! Vraiment, elle a su choisir son sujet et captiver toute la classe, moi y comprise ! Connaissez-vous ce pompier à qui elle a fait référence ou a-t-elle simplement vu passer une info dans le journal ou à la télé ?

Félix s'embrouilla une seconde, comprenant soudain l'importance que Lowen avait prise dans leur vie à toutes les deux. Peut-être l'image d'un père manquait-il plus à sa fille que ce qu'elle l'avait crû...

Elle rougit, balbutia que c'était son ami, se maudissant d'avoir l'air aussi godiche. Elle coupa court, aussi vite que possible, à la conversation qui prenait un tournant auquel elle n'était pas préparée. Le soir même, elle et Evie avaient prévu d'emmener leur joyeuse troupe d'enfants pour un pique-nique tardif dans les montagnes environnantes afin d'admirer le soleil se coucher là-bas, au loin, en Méditerranée. L'esprit préoccupé par une question lancinante, elle prépara machinalement quelques sandwiches, avant d'embarquer sa fille, Raoul et bien évidemment Gladiator, qui grommelait en s'installant sur la glacière, ses larges pieds palmés sagement rassemblés sous son ventre dodu, couvert de plumes d'un blanc éblouissant. Elle s'arrêta devant chez Evie qui propulsa sa marmaille à l'arrière du 4X4 tandis qu'elle-même prenait place en soupirant sur le siège passager. Les enfants criaient d'excitation, alors que leurs mères s'égosillaient dans le bruit du moteur. Gladiator pinça avec enthousiasme quelques cous, faisant glousser les enfants et japper Raoul.

Bientôt, Félix gara la Jeep au bout d'un chemin en lacets. Elle coupa le contact, et déjà, les enfants bondissaient en hurlant, la petite Mia, qui serrait une peluche contre elle n'étant pas en reste. Raoul s'élança dans les fourrés, surexcité lui aussi. Seule Gladiator garda son calme. Elle se redressa, secoua son plumage puis se propulsa au sol les ailes grandes ouvertes, avec une dignité absolue.

Une demi-heure plus tard, ils étaient tous rassemblés au sommet arrondi d'une éminence, courte montagne pelée, d'herbe rase et de rares arbustes. Ils se serrèrent autour d'un petit feu de bois que les enfants étaient allés glaner. Puis, assis sur des plaids, ils regardèrent le soleil décroître dans un embrasement de flammes, dans un silence à peine entrecoupé par les halètements de Raoul, couché sur les genoux de Charline. Enfin, quand l'horizon ne fut plus qu'éclairé par un faible rougeoiement pourpré, les enfants revinrent à des préoccupations plus prosaïques : il était temps de faire cuire leur dîner !

Chacun tenant un bâton sur lequel était piquée une saucisse, ils se délectaient tous à l'avance, surveillant la cuisson, retournant leur pique, veillant à dorer chaque face, tandis qu'un arôme délicieux s'élevait déjà des saucisses grésillant, libéré en petits craquements annonciateurs du plaisir à venir. Les enfants, concentrés sur leur bâton respectif, se tenaient tranquilles. Leurs mères en profitaient pour deviser de tout et de rien, dans la nuit qui venait, apportant avec elle le bruissement des minuscules chauves-souris, le coassement de quelques crapauds amoureux et le froissement imperceptible d'un lièvre effrayé.

— Alors, chérie, où en es-tu avec ton héros ? s'enquit Evie tout en enfilant une veste sur sa robe au décolleté vertigineux.

Félix soupira, restant les yeux rivés sur le feu. Enfin elle répondit, après avoir reçu un solide coup de coude de la part de son amie.

— Je sais pas quoi te dire en fait…

— Ben c'est simple ! Est-ce que tu es bien avec lui, commence déjà par ça !

Félix expira un soupir, à mi-chemin entre extase et souffrance. D'une voix basse, qui se perdit dans les craquements du feu de camp, elle murmura :

— Je n'ai jamais été aussi bien avec quelqu'un… Il est presque trop parfait je crois.

Elle laissa échapper un petit rire nerveux, puis poursuivit :

— Heureusement il a quelques défauts, sans quoi ce serait presque intimidant.

— Il est retourné à son boulot et à sa caserne, c'est ça ?

Félix hocha la tête, agitant ses longues mèches comme autant de flammèches.

— Que comptes-tu faire ?

Elle releva la tête, sans bien comprendre ce que sous-entendait son amie.

— Oui, tu comptes le laisser ramer tout seul, ou tu crois pouvoir franchir une étape un peu plus mature ?

— Mais… que…

— Les relations doivent évoluer, chérie ! Donc tu comptes faire quoi maintenant ?

— Ben, euh… je sais pas…, balbutia Félix, confrontée soudain à un problème qu'elle avait relégué le plus loin possible, comme si de ne pas y songer suffisait à ce qu'il n'existe pas.

Evie avait raison. Elle avait souvent tort, mais ce soir, ses interrogations étaient pertinentes. Elle préféra esquiver dans un rire contraint.

— Tu es drôle toi, tu veux que je lui passe la bague au doigt ou quoi !

Evie la dévisagea une seconde avant de répliquer :

— Ne fais pas ta maligne, je comprends que tu aies peur, mais peut-être est-il temps d'aller de l'avant, non ?

— Et si ça ne marchait pas… Si au contraire ça faisait tout foirer, hein ?

— La vie est une succession de prises de risques, tu le sais ! Si tu restes là, sans bouger, rien n'arrivera. Donc oui, peut-être que ça ne marchera pas avec ton pompier parfait, mais si tu ne tentes pas, comment le sauras-tu ?

Chapitre 20

Puisse chacun avoir la chance de trouver justement la conception de la vie qui lui permet de réaliser son maximum de bonheur.

Friedrich Nietzsche

Faisant fi de ses peurs, elle avait décidé d'écouter Evie. Elle avait décidé d'avancer, de secouer ses craintes, pour elle, pour lui et surtout pour Charline qui méritait tant d'avoir une figure paternelle forte, à laquelle elle pourrait s'accrocher. Quand il lui avait proposé de partir en week-end avec lui, elle avait accepté en souriant, heureuse de pouvoir passer avec lui plus que quelques heures volées au hasard. Elle refoula toute anxiété pour ne profiter que de la chaleur de sa présence, retrouvant avec un bonheur qui lui faisait bouillonner le cœur, la tendresse de ses mains enlaçant les siennes et la douceur de son regard plongé dans le sien.

Les quelques jours de convalescence qu'il avait passés chez elle, leur avaient apporté une complicité neuve qui, Evie avait raison, ne demandait qu'à croître. Ils n'allèrent pas loin, car il n'est nul besoin de partir au bout du monde afin de trouver l'aventure. Grimpant dans la Jeep de Félix, ils s'arrêtèrent aux Saintes-Marie-de-la-Mer, dans un modeste hôtel donnant sur les marais, qui le soir, prenaient des reflets roses tandis que les flamants se posaient avec précaution sur une patte, dans une sorte de carte postale animée. Les chambres, simples constructions basses aux murs blanchis de chaux, aux toits couverts de tuiles rondes, étaient ombragées par de vigoureux tamaris dont les branches souples se mouvaient dans la brise venue de la mer. Tout était simple, évident, comme ce sentiment qui les habitait tous deux, contre lequel ils ne pouvaient lutter.

Entre la tendresse de moments dont ils ne pouvaient se lasser, sous les draps blancs et les persiennes tamisant un soleil déjà crû, ils partaient aussi pour de longues promenades au long de plages pas encore prises d'assaut par des hordes de touristes. Encore quelques semaines et chaque parcelle de sable serait occupée. Pour l'heure, seuls quelques joggeurs, promeneurs de chien ou ramasseurs de tellines profitaient de l'air déjà tiède.

Laissant leurs traces éphémères sur le sable, ils parcoururent le golfe de Beauduc que Lowen ne connaissait pas. En dehors de ses interventions, il n'avait guère pris le temps de découvrir la région. Peut-être était-il temps de le faire ? La plage, immense, bordée de dunes surmontées par des touffes rêches d'enganes, butait directement sur les marais de Camargue, telle une langue de terre coincée entre deux immensités d'eau.

Pour le jeune breton, venu de contrées granitiques battues de pluie, c'était un étonnement. Il n'avait jamais pensé que de tels paysages, aussi sauvages, pouvaient encore exister, du moins dans un pays tel que la France. Félix éclata de rire en voyant son air à la fois ébahi et admiratif.

— On n'est pas non plus à mille miles de toute terre habitée ! Regarde, là-bas tu as le hameau des Sablons, qui est l'ultime vestige des cabanons qui existaient jadis et qui ont tous étaient démolis, rasés.

— Y avait des cabanons ? Sur la plage ?

— Mais oui ! Les gens modestes habitant Arles ou ses environs venaient ici passer quelques semaines de vacances et de liberté, à pêcher entre autres. Ils avaient construit des habitations de bric et de broc, il y avait même deux restaurants figure-toi !

Il haussa une épaule, considérant les étendues d'eau et de sable.

— Ce n'est pt'être pas plus mal, ça devait un peu ressembler à un bidonville, puis je te dis pas les conditions de sécurité là-dedans !

— Oui bon, c'est sûr que si tu considères ça de ton point de vue, c'est chaud, alors qu'en réalité c'était un pôle de liberté, tu vois ? Les gens pouvaient pêcher, se baigner, bref c'était un ultime havre de poésie.

Il la dévisagea, attendri par son ton enflammé, par l'excitation qui rosissait ses pommettes, tandis que ses cheveux volaient autour d'elle, échappés d'un chignon hâtif défait par le vent de la mer. Une mouette les survola en rase-mottes. Au loin, un chalut ramassait ses filets. Il écarta ses mèches vagabondes, englobant son visage de ses mains rudes, murmurant dans un sourire :

— Je t'aime… j'aime tes colères, j'aime même que tu sentes le cambouis, j'aime ton rire, j'aime ta poésie… Je t'aime Félix, pour tout ce que tu es, tout ce que tu as été et que tu seras… Je t'aime…

Elle tressaillit, cueillie par cette déclaration, là, au milieu de nulle part. Il ne lui laissa cependant pas l'opportunité de répondre quoi que ce soit, car déjà il enchaînait, comme poussé par une urgence, comme si, après avoir longtemps tergiversé, il osait enfin se lancer.

— J'aimerais faire partie de ta vie, pas simplement comme un type temporaire, je voudrais être là avec toi, pour Charline aussi. J'ai besoin de toi, j'ai besoin de ton sourire, de la douceur de ton regard, de la tendresse de tes lèvres. Pas de temps à autre, mais au quotidien.

La jeune femme resta figée, devant lui, en proie à des émotions si fortes qu'elle ne pouvait même pas articuler un son.

— Je sais que je te bouscule, que tout est rapide, mais je t'aime Félix, je ne peux pas vivre sans toi !

C'était presque un cri de désespoir qui jaillit de sa gorge, tandis que des larmes trop longtemps contenues, que le vent emporta vers le large, s'écoulaient une à une sur les joues de la jeune femme.

Leur relation prit alors un tournant qu'Evie approuva d'un joyeux « Ben il était temps que tu te décoinces, ma pauvre ! », qui enchanta Charline, elle aussi totalement sous le charme de son héros. Seule Gladiator marmonna, mais comme nul le lui demanda son avis, elle dut accepter de devoir partager sa maîtresse. Une sorte de *modus vivendi* tacite s'établit entre eux : elle cessa de le lorgner en cancanant et il s'évertua à lui trouver des qualités. Tant qu'elle ne le pinçait pas et qu'elle l'ignorait, il la trouvait absolument adorable ! Pourquoi Félix s'encombrait d'un tel volatile, voilà un sujet qu'il n'était toutefois pas près d'aborder !

Cependant, l'entente entre eux tous trouva un équilibre, précaire au départ, qui peu à peu se renforça en habitudes solides. Petit à petit, il amena un tee-shirt, un jean, Félix lui offrit une brosse à dents. Lentement, il transféra sa vie dans la minuscule maison jouxtant le garage. Tout se déroulait avec un naturel confondant, une sorte d'évidence qui ravissait Charline et laissait Félix à la fois radieuse et stupéfaite.

Les mois s'écoulaient, sans heurts. Bientôt l'automne serait là avec ses turbulences saisonnières, mais rien ne semblait pouvoir atteindre la petite famille, recomposée certes, soudée, il ne fallait pas en douter !

Chapitre 21

*On ne souffre jamais que du mal que nous font
ceux qu'on aime. Le mal qui vient d'un ennemi ne
compte pas.*

Victor Hugo

Toutes ses interrogations au sujet de Bastien
avaient été oubliées, et ce soir-là, quand il rentra
sur sa moto, après douze heures de permanence et
plusieurs interventions, il y songeait encore moins !
Lorsqu'il gara la grosse cylindrée dans un coin du
garage et qu'il ôta son casque, il ne pensait qu'à
Félix. Il ne souhaitait que sentir ses lèvres fondre
sous sa bouche tandis que son corps souple
épouserait le sien dans une douceur voluptueuse.
Oui, après plusieurs interventions, une pour un
départ de feu chez un particulier, une autre pour un
accident de la circulation et une autre encore afin
de prêter main-forte à une intervention de
gendarmerie lors d'une altercation conjugale, il était
épuisé tant moralement que physiquement. Félix,
seule, était capable en un sourire, de laver toute sa
lassitude.

Posant son casque sur la moto, il passa la main
dans ses courts cheveux châtains, s'étira, avant de
gagner la porte menant à la maison. Il imaginait
déjà les bras de la jeune femme se nouer autour de
son cou, tandis que son regard clair s'illuminerait de
tendresse en le voyant.

Pas une seconde il ne s'était rendu compte qu'à
plusieurs centaines de mètres de là, un homme,
dissimulé dans un épais taillis d'églantiers et de
genêts, le gardait sous surveillance. Ce dernier

reposa sa paire de jumelles, un court sourire éclairant son visage froid. Cela faisait quelques jours qu'il suivait le sapeur-pompier et ce soir était le moment parfait. Sa mission ne le satisfaisait pas au plus haut point. Non, évidemment, mais il n'avait en aucun cas le choix de discuter les ordres. Au moins, ce serait fait et il pourrait quitter ces montagnes abandonnées et battues par le vent !

De son sac à dos, il tira ce qu'il nommait son « outil de travail » avec une sorte d'autodérision un peu cynique. Il le remonta en un tour de main, malgré l'obscurité qui grimpait à l'assaut des contreforts alpins. Avec précaution, il s'allongea sur le sol, appuya le trépied et vissa son œil sur la lunette, au moment précis où le pompier entrait sur sa moto dans le minuscule village. Malgré la distance, il pouvait le voir avec une précision millimétrée. Il le suivit, le doigt effleurant la gâchette, prêt à saisir l'opportunité. Il l'observait depuis plusieurs jours déjà, analysant ses habitudes et déterminant le moment idéal pour agir. Le pompier ne semblait pas avoir une vie très animée ! En dehors de son travail, il rentrait sagement chez lui, ce chez lui étant un garage pathétique comme il n'en existait par chance plus beaucoup !

De là où il était, il avait une vue directe sur l'avant de la minuscule maison, où deux fenêtres à volets verts trouaient la façade en pierre. Quelques minutes plus tard, une lumière éclaira l'une des pièces de l'étage qui s'avéra être une chambre d'enfant. Contrarié, il poussa un bref soupir. Le pompier, qui avait troqué son uniforme contre un jean et un tee-shirt, s'avança au centre de la chambre encombrée de peluches et de livres. Il semblait parler à quelqu'un qui était pour l'instant invisible, dissimulé dans un angle mort. Sa mire était presque idéalement rivée sur la tête de sa cible quand l'interlocuteur de ce dernier sautilla à travers la pièce, ses couettes rousses tressautant dans son dos. Il tressaillit, malgré son sang-froid et son entraînement et perdit sa fenêtre de tir. Il laissa échapper un juron. Allons, il n'allait pas sursauter à chaque petite fille qu'il voyait, ça frôlait le ridicule ! Il reprit un tant soit peu le contrôle de ses émotions, respira, puis riva à nouveau son œil sur la lunette de son fusil de précision. Il vit alors le pompier assis sur le lit, tandis que la fillette, sa fille vraisemblablement, lui posait un livre entre les mains. Il serra les mâchoires sur un agacement croissant, conscient qu'il ne pourrait pas mener sa mission à bien ce soir. Il y avait des limites qu'il ne pouvait franchir. Pendant qu'il tergiversait, il entr'aperçut la porte de la chambre s'ouvrir sur une mince silhouette à la flamboyante chevelure rousse. Cette image le bouleversa, ce qui fit monter une irrépressible colère, une fois de plus. Il s'invectiva, la main tremblant imperceptiblement sur le canon de son arme. Il n'allait pas en plus s'évanouir à chaque rousse qu'il croisait ! Le passé était mort, fini. Donc, qu'il termine cette mission pourrie et qu'il rentre à Paris. C'était tout ce qu'il demandait.

Dans le viseur, il aperçut la jeune femme s'avancer au centre de la pièce, le grand brun se leva, la prenant entre ses bras. Même de là où il était, il pouvait ressentir la tendresse du couple. Son cœur battit, puis parut cesser de fonctionner lorsque la jeune femme se retourna afin d'embrasser son compagnon. Il vit alors son visage éclairé en plein par le plafonnier. Il arrêta de respirer, le doigt crispé sur le percuteur, tremblant, blême, pris dans une tempête d'émotions qu'il était incapable de gérer. Il hésita une seconde, il les avait là, en joue, il lui suffisait d'une balle pour annihiler à jamais leurs sourires, cette complicité qu'il ressentait dans un frisson odieux. Puis il vit la fillette et il comprit… Un hoquet horrifié s'échappa de sa bouche, alors qu'il reposait l'arme.

Il resta là un temps incertain, le passé remontant par vagues avec la force inconséquente d'un tsunami. Enfin, il démonta son fusil et le rangea dans son sac. Rageusement, il descendit la courte montagne, insensible aux griffures des arbustes, l'esprit seulement tendu vers ce couple enlacé dont l'image semblait lui brûler la rétine. Il rejoignit sa voiture de location, jeta son sac dans le coffre, ne prenant qu'un simple pistolet automatique. Il vérifia la présence de son long poignard qu'il portait toujours à la ceinture, avant d'enfiler une cagoule noire qui ne dévoilait que le bleu glacial de son regard.

Sans bruit, il contourna le village, son treillis noir le dissimulant parfaitement dans l'obscurité. Il n'agissait plus que poussé par un état second qui le laissait furieux. Il savait que ce qu'il faisait était une folie, mais il était incapable d'agir autrement. L'eut-il voulu, sa colère alliée à un sentiment d'injustice et de spoliation, doublée d'une jalousie palpitante, l'en auraient empêché. Avec souplesse, il sauta par-dessus la clôture du jardin, puis aussi silencieux qu'un spectre, il poussa la porte et entra dans la maison. Ce fut facile. Tout fut si simple. Elle était descendue dans le salon, il n'eut qu'à la cueillir comme on ramasse une fleur des champs. Il posa la lame de son poignard sur la soie fragile de son cou, puis il lui agrippa un bras, le retourna afin de l'immobiliser. Il la serra contre lui, soufflant à son oreille. Sa voix étouffée par le tissu de la cagoule, il gronda d'un ton sec :

— Appelle-le !

Elle regimba. Il resserra sa poigne sans toutefois lui faire mal. Il en aurait été incapable ! Son corps se souvenait, sans même qu'il le veuille, de la douceur du sien, tandis que son odeur, unique, montait vers lui par bouffées insignifiantes et essentielles, le faisant imperceptiblement trembler. Ainsi serrée contre lui, elle sentit son émotion sans la comprendre et prit peur. Elle essaya de se dégager, mais ce fut peine perdue.

D'un ton brutal qui n'admettait aucune réplique, il lâcha un nouveau :

— Appelle, tout de suite !

Elle serra néanmoins les lèvres, bien décidée à ne pas céder à la menace. Cependant, au même instant, elle entendit le pas de Lowen qui descendait l'escalier et s'exclamait à mi-voix :

— La p'tite est couchée et...

Sa phrase se perdit dans un gargouillis inaudible lorsqu'il vit Félix, tenue brutalement par un inconnu en treillis et cagoulé. Un long poignard de commando effleurait la gorge de la jeune femme. Il descendit pas après pas les dernières marches, sans quitter l'homme du regard.

— Laissez-la...

Il croisa un regard bleu. La haine qu'il y lut le percuta de plein fouet. Il vit l'inconnu frémir, tandis que Félix était aussi pâle qu'une morte. Dans un sursaut, se trompant sur les motivations de son agresseur, elle s'écria :

— Laissez-nous ! Je vais vous donner la caisse de la journée, mais laissez-nous !

Il crispa les mâchoires sous sa cagoule sombre. Ça, c'était hors de question ! Sans même lui répondre, il darda son regard froid sur le pompier, qui le considérait avec une peur doublée d'une colère grandissante.

— Tu veux qu'elle vive ?

— Laisse ma famille tranquille ! Merde ! Elles n'ont rien à voir avec ça !

Il raffermit sa prise sur le cou de la jeune femme, sans néanmoins lui faire le moindre mal. Comme si malgré la fureur qui l'habitait, il parvenait encore à se maîtriser.

— Ce n'est pas ta famille ! Elles ne l'ont jamais été et ne le seront jamais ! laissa-t-il fuser d'un ton furieux, s'efforçant pourtant de ne pas hurler.

Il n'avait, en cette seconde, qu'une envie et une seule : défoncer la gueule de ce type dont le regard de pseudo-héros lui renvoyait sa propre image, celle-ci n'était pas la meilleure. Cependant, les ordres restaient les ordres et le travail devait être exécuté proprement, pas pour son plaisir. Le soulagement de lui broyer le visage à coups de pied et de crosse ne serait pas possible, il le savait. Il n'outrepassait pas les ordres. Jamais. Même pas aujourd'hui. Il inspira lentement, endiguant le flot de haine qui lui faisait perdre pied. D'une voix qu'il s'efforça au calme, il lança :

— OK, tu veux les protéger ? Tu sais que je n'ai rien contre elles. Alors on va régler ça entre nous, simplement.

Il passa son poignard dans la main qui maintenait Félix, pour fouiller l'une des poches de son treillis. Il en sortit une longue et fine paracorde de plusieurs mètres qu'il balança aux pieds du pompier.

— Corde, poutre…, fit-il en montrant les épaisses solives d'un geste sec du menton.

Lowen pâlit, hésita une seconde, puis son regard se fixa sur la lame qui frôlait le cou fragile de la jeune femme. Il songea à Charline, là-haut dans son lit, seule, vulnérable. Alors sans même réfléchir, il se baissa et ramassa la corde.

Comprenant ce qu'il allait faire, Félix hurla, cherchant à échapper à la poigne rude de l'inconnu, le cœur glacé par une peur qui était au-delà des mots.

— Lowen, non ! Non ! Je t'en prie… Non…

En larmes, elle se débattait, en vain, sans que pourtant son agresseur ne fasse plus que de la maintenir. En proie à une incompréhension totale, éperdue, elle ne pouvait que crier, protester et gigoter tandis que sous ses yeux, Lowen avait lancé la corde par-dessus l'une des poutres.

Soudain, alors que tous les regards étaient focalisés sur chacun des gestes du pompier, une petite voix, claire, brisa le silence :

— C'est qui lui ?

Charline, en pyjama Batman, offert par Marius pour son dernier anniversaire, se tenait debout sur la dernière marche de l'escalier, ses grands yeux de printemps ouverts sur une stupéfaction effarée. Elle tenait dans ses bras son Raoul, qui, la langue pendante, roulait de gros yeux apeurés. Tous ses sens en alerte, il avait déjà perçu la peur, la haine, la colère, toutes ces émotions qui saturaient et empuantissaient l'air de la pièce. Dans un couinement, il sauta hors des bras de sa petite-maîtresse afin de se jeter en rampant sous un meuble. Les poings sur les hanches, Charline s'exclama :

— Ben Raoul !

Avant de reporter son attention sur les adultes. Personne n'osait bouger, comme si l'intrusion de la fillette avait figé chaque acteur d'une pièce de théâtre, d'un drame à vrai dire. Félix, terrifié plus pour sa fille que pour elle-même, murmura d'une voix qu'elle tenta de rendre à la fois calme et convaincante.

— Charline, remonte dans ta chambre… Tout va bien !

Le « tout va bien » semblait surréaliste et fit froncer les sourcils de la petite. Elle lança un coup d'œil à Lowen, qui lui renvoya un court sourire.

— Écoute ta mère Charline, va dans ta chambre et sois aussi sage que lorsque madame Robert est tombée dans le ravin. Tu avais été parfaite. D'accord ?

Un sourire hésitant se dessina sur le visage de la petite. Elle hocha la tête avant de grimper l'escalier en trois bonds.

— Je ne ferai rien ni à la p'tite ni à sa mère si tu te dépêches, gronda l'homme en resserrant sa main sur Félix.

La sentir ainsi, presque abandonnée contre lui, avoir vu Charline, si vive, si grande déjà, lui donnait le tournis. Il maîtrisa de son mieux le tremblement de sa main, raffermissant ses doigts sur le manche de son poignard. Il se demanda comment, parmi plus de sept milliards d'êtres humains, ce type avait bien pu tomber sur la seule qu'il ne fallait pas !

Félix accrocha le regard de Lowen, le suppliant silencieusement de ne pas exécuter les ordres de leur agresseur, de ne pas faire croire à un suicide… Il y lut un tel amour, qu'il se sentit vaciller, cela ne fit que le conforter dans sa décision : rien ne comptait plus que Félix et sa fille ! Presque fébrilement il fit glisser la corde, commençant à nouer un solide nœud coulant.

Il eut du mal par la suite à bien retranscrire les événements qui suivirent. Soudain, une tornade blanche dévala l'escalier et se jeta sur l'inconnu. C'était une masse confuse de rage immaculée qui vola depuis le haut de l'escalier et qui, le cou tendu atterrit dans un tournoiement de plumes sur la figure de l'inconnu. Ce dernier poussa un cri de surprise et de douleur quand la boule de fureur le mordit au visâge, le heurtant en plus de ses longues ailes. Par réflexe, il écarta le couteau du cou de la jeune femme, tentant d'en frapper l'oiseau. Félix en profita pour lui lancer un solide coup de coude qui lui permit de se dégager. Lowen la propulsa alors d'une bourrade vers l'escalier tandis qu'il se jetait dans la mêlée. L'oie était au comble de la fureur et l'agresseur en passe de tomber au rang d'agressé. Toutefois, après l'instant de surprise, ses réflexes prirent le dessus et son poignard, solidement fiché dans la main, il se défendit avec hargne. La lutte devint tout à coup très inégale : Gladiator, armée de son simple bec, ne pouvait rivaliser avec un couteau… Lowen se jeta alors dans la bataille, balançant un puissant coup de poing qui fit chanceler l'homme, mais ne le fit pas plier. Dans un mouvement rageur, il parvint à repousser l'oie tout en lui assenant un coup de couteau. Le sang gicla, étoilant le plafond, tandis que son plumage immaculé se teignait de pourpre. Dans un caquètement d'agonie, Gladiator s'écroula sur le tapis. Voyant ça, Félix redescendit les quelques marches qu'elle avait franchies et saisissant au hasard le premier objet qui lui tomba sous la main, elle le jeta sur l'homme. C'était une lampe qu'elle avait elle-même bricolée, dont la base était constituée de gros galets ramassés avec Charline lors d'une promenade. C'était un projectile bienheureusement lourd qu'il se prit dans le bras. Il réprima un cri, lâchant néanmoins son poignard ensanglanté. Lowen en profita pour lui décocher une droite qui l'atteignit au menton. L'homme devait cependant être rompu à ce genre d'exercice, il bloqua un autre coup de Lowen et en profita afin de balancer lui-même un coup de poing dans lequel il mit toute son acrimonie. Sentir la pommette du pompier éclater sous ses phalanges fut pour lui, un plaisir absolu. Lowen, moins expérimenté, chancela…

Soudain, un tumulte de sirènes résonna dans l'étroite rue du village, faisant sursauter les habitants. Un éclair affolé traversa le regard clair de l'homme en treillis sombre. Il pivota avec souplesse, cherchant à gagner la porte menant au jardin. La mission était un fiasco total, ne restait que la fuite.

Furieuse, aveuglée par une colère irrépressible, Félix saisit le couteau et se précipitant sans réfléchir derrière lui, elle s'écria :

— Ne bougez plus ou je vous plante ! Vous n'allez pas vous en tirer comme ça ! Ah non !

Sa voix n'était plus qu'un fil coupant, aussi acérée que la lame du poignard.

L'homme se figea. Il poussa un profond soupir, avant de murmurer lentement :

— Laisse-moi partir Fée…

Le surnom la frappa plus sûrement qu'un coup. Croyant avoir mal entendu, elle se cramponna au couteau en répétant :

— Ne bougez plus !

Il leva posément les mains et d'un mouvement sec, il ôta sa cagoule, puis il se retourna avec une lenteur étrange, comme si le temps s'étirait.

Son regard d'un bleu vif plongea dans celui de la jeune femme, qui éperdue, ne savait plus que penser. D'une voix douce, il fit à nouveau :

— Laisse-moi partir…

Elle gémit, tandis que le poignard couvert de sang s'échappait de ses doigts.

— Bastien… Pourquoi ?

En deux enjambées il fut près d'elle, effleurant son visage dans une caresse tendre.

— Cela n'a rien à voir avec toi, je ne te ferai jamais aucun mal…

Là-haut, ils entendirent Charline hurler par la fenêtre de sa chambre, à l'adresse des gendarmes, des « au secours » tonitruants. Un demi-sourire, presque attendri illumina le visage dur de Bastien, tandis qu'il murmurait avec une sorte de fierté dans la voix :

— C'est une vraie guerrière, comme sa mère…

Tandis que les gendarmes frappaient à la porte, il récupéra son couteau et en deux bonds il disparut dans la nuit, avalé par la noirceur des ténèbres.

Chapitre 22

Ce n'est pas en tournant le dos aux choses qu'on leur fait face.

Pierre Dac

La suite des événements fut assez compliquée à cerner et à expliquer. Les gendarmes perdirent quelques précieuses minutes à comprendre la situation, avant de s'élancer à la poursuite de l'ancien soldat. Ce dernier demeura introuvable, comme si la nuit l'avait englouti.

Ne sachant plus que penser ou ressentir, Félix resta là, les bras ballants au milieu du salon, tandis que Charline s'accrochait à elle comme un mini-koala. Lowen lui, tout aussi abasourdi s'appuya sur ce qu'il savait le mieux faire. Il s'accroupit à côté de Gladiator, étalée dans une flaque sanglante et chercha un signe de vie. Il s'était engagé dans les pompiers afin d'aider les autres, sans discrimination : elle était un blessé comme n'importe lequel. Alors que les gendarmes allaient et venaient, ratissaient la maison, posaient des questions à Félix qui, en état de choc, ne pouvait que répondre par quelques onomatopées, il s'évertua à sauver l'oie. C'était tout ce qu'il pouvait faire et peut-être était-ce le plus important. Que leur agresseur soit Bastien, l'ex de Félix, était beaucoup trop surréaliste pour qu'il puisse l'envisager, là, à chaud. Il préféra agir et occuper son esprit.

Sans même s'intéresser aux forces de l'ordre, après avoir plus ou moins stabilisé l'hémorragie de l'animal, il la plaça avec délicatesse dans un plaid, puis chuchota à Charline qui le fixait avec admiration, son petit visage chiffonné de larmes.

— Eh il habite où le véto ?

Il croisa le regard bouleversé de Félix et, tenant l'oie serrée sous son bras, il fit d'une voix douce :

— Ça va aller…

Elle ne savait pas ce qui irait bien, mais elle approuva d'un hochement de tête. Elle passa ses doigts sur les plumes soyeuses de son amie, se mordant les lèvres afin de ne pas éclater en larmes.

— Sauve-la, je t'en supplie !

Sans un mot, il se pencha vers elle, effleurant ses lèvres d'un baiser rassurant. Puis, comme Charline le tirait par un pan de son tee-shirt, il la suivit, sans même que les gendarmes ne cherchent à le retenir.

Félix prit une profonde inspiration, tandis qu'une auxiliaire féminine de la gendarmerie s'approchait d'elle, lui proposant de s'asseoir dans le canapé afin de répondre à leurs questions. Dans un tourbillon proche d'un vortex, elle répondit comme elle le pouvait.

Non, elle ne savait pas pourquoi ils avaient été agressés.

Elle ignorait les motivations de leur agresseur, un détraqué sans doute ?

Non, elle ne le connaissait pas, elle ne l'avait jamais vu auparavant et de toute façon, il portait une cagoule.

C'était un mensonge énorme, mais il lui était tout simplement impossible de dénoncer Bastien. L'eut-elle voulu qu'elle ne l'aurait pu. Il restait le père de Charline, qu'elle le veuille ou non c'était une réalité. Alors elle mentit.

Les gendarmes, décontenancés, cherchèrent à recueillir le maximum d'informations afin de retracer la suite des événements, conscients que quelque chose leur échappait. Qu'est-ce que c'était, là était toute la question ! Enfin, après plus d'une heure à retourner la maison, ils prirent congé de la jeune femme, à la fois perplexes et inquiets : voilà qu'un tueur entraîné, un ancien commando peut-être, parcourait librement la région !

Lowen et Charline revinrent enfin. Ils avaient tiré le vétérinaire du lit afin qu'il opère Gladiator sans attendre. Charline lui ayant affirmé qu'elle était une héroïne et qu'il devait la sauver, il ne put faire autrement. Il ne promit rien d'autre que de faire tout son possible, mais devant le visage tendu de la fillette et celui ensanglanté du pompier, il se dit qu'il devrait faire encore plus : un miracle.

En bougonnant, il installa l'oie sur la table d'opération, tout en tendant quelques compresses au soldat du feu.

— Feriez mieux d'aller aux urgences, c'est un vilain coup que vous avez pris. Y a pt'être même une fracture…

Lowen haussa une épaule, pressa les compresses sur la plaie, tout en bougonnant que ça irait. Il avait d'autres problèmes bien plus graves à affronter qu'une simple coupure !

Houspillés par le véto, ils laissèrent Gladiator à ses soins, espérant, sans pourtant trop y croire, qu'il pourrait la sauver. En rentrant, ils avisèrent une voiture de gendarmes en surveillance dans la rue du village. Comptaient-ils que leur agresseur revienne ? Ce n'était pas très rassurant, mais c'était une probabilité envisageable. Lowen, tenant la main de la fillette dans la sienne, accéléra le pas, soudain pressé de serrer Félix dans ses bras. Lorsqu'ils poussèrent la porte, la maisonnette était étrangement silencieuse. Félix était seule, dans un salon sens dessus dessous, tentant de remettre de l'ordre. Elle brossait, avec une sorte d'énergie à la fois désespérée et rageuse, le tapis couvert du sang de Gladiator. Sanglotant à demi, elle aurait aimé pouvoir comprendre.

Avec douceur, quelqu'un lui retira la brosse des mains et dans un brouillard un peu flou, elle reconnut Lowen.

— Tout va bien…

— Tout va bien, maman ! Gladiator est chez le véto, il va la sauver, c'est trop sûr quoi !

Elle se laissa aller contre le torse de Lowen et poussa un long soupir, tout en serrant sa fille contre elle.

Enfin, quelques minutes plus tard, Charline avait regagné son lit et après l'assurance que les gendarmes surveillaient la maison et que le « méchant monsieur » ne reviendrait plus, elle s'endormit en serrant sa peluche Totoro dans ses petits bras.

Raoul, lui, était invisible et mettrait un long moment avant de quitter son abri.

Lowen, sans même penser à sa fatigue ou à la douleur de plus en plus lancinante de sa pommette, fit couler un bain brûlant et enjoignit Félix à s'y glisser. Elle semblait en état de choc, ce qui était naturel. Elle se coula dans l'eau, appréciant de se laisser aller. Ses muscles se dénouèrent, tandis qu'elle lâchait peu à peu prise.

Il en profita pour désinfecter rapidement sa blessure, l'examinant hâtivement. Ça irait bien pour ce soir ! Puis il s'installa à côté de la baignoire, la tête de la jeune femme reposant contre son épaule. Enfin ils prirent le temps de souffler, avant que, la première, Félix murmurât :

— Je ne comprends rien… Pourquoi Bastien t'en veut-il ?

Il déglutit avec difficulté sachant que le temps des explications était arrivé. Il laissa ses doigts dériver sur la peau si douce de sa compagne, avant de se lancer.

— Je ne le connais pas ! Ce n'est pas lui qui m'en veut, mais celui pour qui il bosse. Il n'a jamais été blessé au Mali, n'est-ce pas ?

Elle bredouilla un vague oui, tout en agitant ses orteils dans l'eau. Elle se sentait à la fois fatiguée moralement et pitoyable.

— Il a déserté, c'est ça ?

Elle ferma les yeux, se laissant envahir par l'arôme du bain moussant, repoussant les ténèbres obscures de cette époque. Elle refusa de replonger dans ces émotions confuses faites de déceptions, de stupeur, de honte aussi, sans même parler de la brûlure atroce de son cœur brisé et de ses illusions enfuies. Elle prit sur elle afin de répondre.

— Oui, c'est ça…

Avec amertume, elle ajouta :

— Il trouvait que vu ses capacités, l'armée ne le payait pas assez, que sa vie valait plus. Il a été approché, contacté, enfin je ne sais pas comment ça s'est passé, bref on lui a fait miroiter je ne sais quoi et il a été porté déserteur. Charline et moi avons dû partir de la base, nous nous sommes réfugiées chez mon Papet. Ça a été une période horrible, tu sais…

Il pouvait aisément le concevoir ! Il ne dit cependant rien, la laissant poursuivre.

— J'étais perdue. Je ne savais pas où il était, c'était épouvantable. Une nuit, il a débarqué et m'a demandé de venir avec lui. Il avait soi-disant trouvé un super boulot, on aurait tout ce dont on avait toujours rêvé. Enfin le blabla habituel… Je l'ai envoyé péter. Il était furieux. Il m'a dit qu'il faisait ça pour nous, pour l'avenir de Charline, quand il ne pensait en fait qu'à lui-même. Je lui ai dit de ne plus jamais mettre les pieds chez moi sans quoi je le dénonçais aux flics. Déserteur, il prendrait cher…

Elle soupira, avant de reprendre :

— Je n'ai plus entendu parler de lui jusqu'à ce soir. Pour Charline, j'ai inventé qu'il était mort, c'était plus facile à expliquer et à vivre pour elle, qu'un père qui l'aurait abandonnée pour faire quoi ? Tueur à gage ? Mercenaire ?

Elle se redressa et sans se préoccuper de le mouiller, elle remarqua :

— Mais… Quel est le rapport avec toi ? Je ne comprends pas !

Il repoussa les mèches trempées de la jeune femme, déposa un baiser léger sur sa tempe, avant d'oser se lancer.

— Tu sais, j'étais pompier de Paris, et… bref, ma mutation ici n'a pas vraiment été un choix.

Elle le dévisagea, effarée.

— Ah non ?

— Non, du tout ! Je ne le regrette pas, disons plus maintenant… en réalité, j'ai été muté suite à des menaces répétées, ma hiérarchie a préféré céder et m'envoyer au fin fond de nulle part.

Elle le considéra sans rien comprendre.

— Je me suis heurté à un caïd, drogue ou je ne sais quel trafic, peu importe. Un soir, on a eu un appel, c'était tard, au milieu de la nuit. J'y suis allé, c'était un hôtel particulier. Là, on a trouvé une jeune femme dans un état, tu ne peux même pas imaginer. Les coups qu'elle avait eus, au milieu de ces meubles et des bibelots de luxe, c'était presque à faire vomir. On l'a emmenée aux urgences. Elle était affolée et vu son état ce n'était pas la première dérouillée qu'elle se prenait. Dans le camion, je lui ai glissé mon numéro personnel et la carte d'une association d'aide aux femmes battues. Je ne pouvais rien faire de plus, si ce n'est l'inciter à se barrer. C'est ce que j'ai fait. Je lui ai dit que la prochaine fois, il la tuerait et qu'elle devait s'enfuir. Elle a acquiescé. Alors, j'ai commis une entorse au règlement, je sais que cette histoire n'était ni la pire ou la plus atroce que j'ai vue, c'était peut-être simplement celle de trop. Le lendemain, je suis passé à l'hôpital et j'ai pris un moment pour discuter avec elle. Elle était terrifiée. Je lui ai proposé de l'accompagner afin de porter plainte contre son compagnon. Elle a refusé, mais elle a accepté que je l'emmène dans un refuge pour femmes battues. C'est ce que j'ai fait. Je croyais que l'histoire s'arrêterait là. J'ignorais juste qu'elle était en couple avec un truand et qu'il n'a absolument pas apprécié qu'un petit pompier de merde se mêle de ses affaires… J'ai reçu des menaces, toute ma caserne en a eu aussi et comme il semblait impossible de me protéger, il a paru plus simple de me muter. Ma copine était furieuse et m'a plaqué et je me suis retrouvé dans ce trou…

Il laissa tomber un rire, un brin amer, tout en remarquant :

— Pas de quoi inciter à l'héroïsme, hein !

— Mais… et Bastien dans tout ça ?

Il haussa une épaule désabusée :

— Je suppose qu'il est l'un de ses hommes de main, tout bêtement…

Elle se redressa et sans se préoccuper de l'eau du bain qui déborda en clapotis, elle glissa à son oreille dans un chuchotis, avant de l'embrasser :

— Tu es mon héros…

Chapitre 23

*L'ennemi est bête : il croit que c'est nous l'ennemi
alors que c'est lui !*

Pierre Desproges

La vie reprit son cours, vaille que vaille, même si chacun ne pouvait s'empêcher de songer à l'épée de Damoclès qui se tenait suspendue au-dessus de leur tête : Bastien ou un autre tueur serait-il à nouveau expédié afin d'achever le travail commencé ? Les gendarmes avaient bien remonté une piste, mais elle s'était arrêtée brutalement et il n'avait plus été possible pour eux de progresser. L'enquête était bloquée malgré toute leur bonne volonté. Ils avaient donc supprimé leur surveillance, impossible à tenir dans le temps. Ils fonctionnaient déjà avec des effectifs réduits et ils ne pouvaient absolument pas se permettre d'affecter une voiture pour ce genre de protection. Le commandant le déplorait, mais il avait aussi des ordres et des impératifs.

Félix vivait dans la peur, à nouveau. Elle se demandait, de plus en plus souvent si elle ne devait pas s'enfuir. Prendre sa fille sous le bras, sauter dans un avion et partir au bout du monde.

Partir ? Abandonner tout ce qu'elle avait eu tant de mal à reconstruire ? Abandonner son garage ? Papet ? Ses amis et surtout, surtout, laisser Lowen… Cette seule idée lui était un déchirement impossible.

La nuit, elle se réveillait en larmes, prise de cauchemars qui la laissaient haletante et seule le réconfort du corps chaud de Lowen contre le sien pouvait la rasséréner. S'enfuir n'était donc pas une option. Restait à faire front, mais comment ? Le danger pouvait survenir à chaque instant, sous la forme d'un intrus, de Bastien ou d'un autre. C'était une angoisse lourde à laquelle ils devaient faire face. Lowen tremblait moins pour lui-même que pour celles qui étaient devenues ses indispensables et dont il avait à présent la responsabilité, du moins c'est ainsi qu'il le ressentait.

Charline, elle, si elle redoutait le retour du « méchant », qualificatif qui tordait à chaque fois le cœur de Félix, sans qu'elle puisse lui révéler que ce dernier était son propre père, avait mis en place une stratégie de défense : elle exigeait d'avoir le smartphone de sa mère sur sa table de nuit, « afin de ne pas avoir à courir le chercher partout comme la dernière fois » disait-elle avec un bon sens indéniable. De surcroît elle proclamait que plus tard elle serait pompière-policier afin de sauver les gens et arrêter les vilains qui faisaient peur aux enfants. C'était une optique de carrière très louable !

Tout le village avait été alarmé par l'affaire de l'intrusion, même si Félix tint à la minimiser de son mieux. Marius proposa d'installer un réflecteur sur le toit de la maison afin de pouvoir envoyer un Bat Signal. L'idée enthousiasma Charline, dérivant ses frayeurs, ce qui était plutôt positif. Lowen aurait bien aimé, si cela avait été possible, pouvoir dépêcher un tel appel au secours ! Néanmoins, ils devraient se débrouiller seuls, Chassagne n'était pas Gotham City ce qui n'était pas plus mal !

Cependant, les semaines passaient, apportant la fraîcheur hivernale, sans rien de plus. Bientôt la neige et le froid venus des Alpes voisines, s'étendraient sur le village, le plongeant sous une chape cotonneuse. Pour l'heure, seule la baisse conséquente des températures et les feuilles mortes accumulées sur les trottoirs attestaient de l'avancée de la saison.

Cet après-midi-là, le soleil semblait vouloir jouer les prolongations estivales, inondant la région sous ses rayons encore chauds, n'épargnant même pas Chassagne. Marius, Charline et la petite Mia profitaient de cette clémence afin de jouer dans le jardin, surveillés par Raoul et Gladiator, revenue plus vaillante que jamais de son aventure. Elle arborait à présent une longue cicatrice digne d'un guerrier viking ou d'un pirate, mais peu importait, elle était là, bien vivante, fichée sur ses grosses pattes palmées, le regard encore plus scrutateur qu'auparavant. Posée sur le toit d'une épave de voiture, encerclée d'herbes folles, elle gardait un œil constant sur les enfants, tendant parfois le cou sur des récriminations. Sous une telle surveillance, les petits ne risquaient rien !

Félix, de son côté, se consacrait corps et âme à ce qu'elle savait faire de mieux et qui lui apportait cette sérénité dont elle avait tant besoin. Elle réparait ce qu'elle pouvait. À défaut de pouvoir faire autrement, elle arrangeait ce qui était à sa portée ! Alors, allongée sous une fourgonnette posée sur le pont, elle sifflotait au rythme de la radio qui résonnait en sourdine dans l'atelier. La mécanique était son havre de paix. Son esprit pouvait se détendre, tandis que ses mains faisaient en sorte de faire fonctionner ce qui était cassé.

Elle perçut le ronronnement sourd d'un moteur, une moto peut-être, stopper devant le garage. Elle n'y prêta pas plus d'attention que ça n'en méritait, continuant à serrer un boulon récalcitrant. Un pas chaussé de lourdes bottes retentit, traversant le garage afin de venir se planter à côté du véhicule posé sur le pont. Elle fronça les sourcils, contrariée d'être dérangée. En relevant la tête, elle aperçut une paire de bottes de moto, prolongée par un pantalon en cuir renforcé. Elle soupira. Encore un motard en perdition, songea-t-elle en sortant de sous le véhicule. Lorsqu'elle se redressa, elle se retrouva face à un regard d'un bleu pénétrant, qui la figea sur place. Elle recula, trébuchant à demi, s'appuyant contre la camionnette pour ne pas tomber.

— Qu'est-ce que tu fais là ? parvint-elle à balbutier, le cœur palpitant d'émotions contradictoires.

L'homme lui renvoya un demi-sourire, presque tendre, avant de remarquer :

— Tu es encore plus belle qu'avant, le sais-tu ?

Avec une sorte de rage qui lui crispa les doigts autour de sa clef de douze, elle rétorqua dans un rictus furieux.

— Si c'est pour venir dire de telles inepties, ce n'était pas la peine ! Dégage ! Tu n'as rien à faire ici !

Il se pencha vers elle, plongeant son regard clair dans le sien.

— Je suis venu pour te faire honorer l'une de tes promesses...

Il inspira lentement, écouta un instant les cris de Sioux des enfants qu'on percevait depuis le jardin, puis laissa tomber :

— Tu avais promis d'appeler les flics si je remettais les pieds chez toi, je suis là. Alors, fais-le !

Effarée, elle ouvrit la bouche, sans qu'aucun son ne puisse en sortir.

Résolument, il se pencha, saisit le smartphone qu'elle avait dans l'une des larges poches de sa combinaison grise et le lui plaça d'autorité entre les mains.

— Appelle !

Les larmes aux yeux, elle le dévisagea sans comprendre.

— Tu dois le faire, il faut que tout s'arrête, non ?

Elle secoua la tête, désespérée :

— Pas comme ça !

— Je t'aime Fée, je n'ai jamais cessé de t'aimer… jamais…

— Tais-toi ! Tu nous as abandonnées Charline et moi, voilà ce que tu as fait ! Tu as piétiné et saccagé chacun de mes rêves, donc non, tu ne m'aimes pas, ce n'est pas de l'amour, ça n'en a jamais été !

Sous la violence du ton, il serra les mâchoires, maîtrisant un mouvement de colère qui durcit ses traits, voilant son regard d'une froideur glacée :

— Ce n'est pas ce que je voulais, tu le sais !

— C'est ce qui est arrivé ! Merde !

En proie à une colère qui la faisait trembler, elle ajouta :

— Et maintenant tu reviens pour à nouveau tout gâcher ?

Il se retint de frapper quelque chose, se contentant de tapoter la carrosserie du fourgon.

— Non ! Écoute Fée, je dois savoir, crois-tu pouvoir un jour me pardonner ? Pour tout ?

Il ajouta d'une voix plus dure :

— Y a un contrat sur la tête de ton pompier, j'ignorais que tu avais une relation avec lui ! Crois-moi !

— Je n'ai pas de « relation » avec lui ! Je vis avec lui ! Je l'aime, tu ne peux pas comprendre ça ?

Après une seconde, elle fit d'une voix presque basse :

— Tu as brisé mon cœur, mes rêves et lui, me les rend un à un… Je l'aime, il est devenu notre équilibre à Charline et moi. Alors, oui, tu feras toujours partie de moi, à cause de notre fille, mais tu ne feras plus jamais partie de ma vie. C'est fini.

Déstabilisé, il souffla avant de répliquer d'un ton qu'il s'efforça de maîtriser :

— Ça a le mérite d'être clair. Alors appelle les flics et débarrasse-toi de moi, une fois pour toutes !

Elle haussa une épaule lasse, tandis que ses yeux verts brillaient de larmes.

— Non, ce n'est pas moi qui t'enverrai en taule… Ne compte pas là-dessus !

Il hocha la tête, murmura vaguement un « je comprends » avant de tourner les talons, d'enfiler son casque et de démarrer la puissante moto dans un feulement qui parcourut rageusement tout le village. Elle le suivit du regard tandis qu'il disparaissait dans la rue, frissonnante dans l'air pourtant chaud.

Chapitre 24

Il ne faut avoir aucun regret pour le passé, aucun remords pour le présent, et une confiance inébranlable pour l'avenir.

Jean Jaurès

L'hiver était survenu, cette année-là, avec une soudaineté peu commune. Les températures étaient passées du tiède au froid sans progression ni avertissement. Un matin, les montagnes s'étaient couvertes d'une neige étincelante, qui s'était étendue jusque dans les vallées.

À Chassagne, l'arrivée brutale de l'hiver avait été une surprise joyeuse pour les enfants et plus contrariante pour les autres, du moins pour les adultes, moins portés vers la magie féerique des flocons tourbillonnant dans le vent ! Eux se contentaient de remarquer les routes glissantes, les pare-brises givrés et leur pas-de-porte à déneiger !

Félix souriait en repoussant le capot d'une vieille Peugeot tandis que Gladiator la regardait depuis le fond de sa panière, bien au chaud sous ses couvertures. Elle ne réagit même pas lorsqu'une main se posa sur sa maîtresse, la faisant pivoter, en lui tirant un léger cri de surprise. Sans même s'en faire, elle ferma les yeux et coinça son long cou flexible sous une aile, songeant qu'un petit somme serait le bienvenu.

Reconnaissant celui qui lui faisait face, la jeune mécano lui renvoya un sourire tendre, tandis qu'il se penchait vers elle, effleurant ses lèvres d'un baiser, ne résistant pas au plaisir de la prendre dans ses bras et de sentir son corps s'alanguir contre le sien. Il laissa glisser ses lèvres dans son cou, respirant son odeur douce. Elle le repoussa en riant, frissonnante comme toujours avec lui, en s'exclamant :

— Tu n'étais pas déjà en retard tout à l'heure ?

Il lui renvoya un sourire tendre qui se répercuta dans ses yeux sombres, tandis qu'il l'embrassait à nouveau.

— Non, tout à l'heure, j'étais en retard, maintenant je suis très en retard !

Il éclata de rire tandis qu'elle le repoussait fermement, dans un murmure néanmoins plein de promesses :

— Va donc sauver le monde et quand tu reviendras couvert de gloire, on songera au repos du guerrier…

— Et si on oubliait l'étape gloire pour passer de suite à la fin du programme ? chuchota-t-il en resserrant son étreinte.

Sans résister, elle répondit à son baiser lorsqu'une voix, accompagnée d'un claquement de talons hauts, les interrompit :

— Encore en train de vous bisouiller, ça devient une maladie ! Va bosser Lowen, faut que je cause à ma copine, un truc entre filles où t'es pas convié. Allez zou !

— Salut Evie, toujours un plaisir de te voir, lança Lowen en réprimant un éclat de rire.

Il se pencha une nouvelle fois vers sa compagne, effleura ses lèvres en murmurant :

— À ce soir et garde en tête le programme…

Il grimpa dans un lourd Land Rover d'un rouge pimpant garé devant le garage, lança le moteur qui grogna dans un bruit sourd de camion. Par la portière, il jeta un clin d'œil aux deux jeunes femmes qui l'observaient, avant de s'élancer dans la rue enneigée.

— Y a pas à dire, il a un joli p'tit cul ton pompier…

— Rho Evie ! s'exclama son amie en rougissant, prise entre une envie de rire et une certaine gêne.

— C'est bon respire, chérie !

Perchée sur ses talons, à se demander comment elle avait pu parcourir les trottoirs noyés de neige, Evie lui sourit avec une soudaine douceur, laissant une seconde tomber son attitude toujours provocante :

— Tu n'as plus à t'arc-bouter chérie, laisse-toi aller ! Tout va bien. Ton ex est en prison, il y restera un moment et comme il a livré le réseau de maffieux qui l'employait, tu peux être tranquille.

Repoussant une mèche fauve, échappée d'une tresse hâtivement nouée, Félix fit d'une voix emplie d'une certaine amertume, voire de tristesse :

— Bastien est en prison et c'est un peu de ma faute…

— Eh, ne redis jamais ça ! Il ne subit que les conséquences de ses actes, d'accord ! Tu n'as aucun, tu m'entends, aucun reproche à te faire. Tu as protégé ta fille, tu as bâti une vie de laquelle il s'est volontairement exclu, alors regarde devant toi et... si j'avais dans mon lit et dans mon cœur un type comme ton Lowen, je cesserais de pleurnicher !

— Mouais, tu as sans doute raison... Sauf en ce qui concerne Lowen, parce que toi, à moins d'une caserne entière, et encore, je ne vois pas comment ni dans quel monde tu pourrais te contenter d'un seul gars !

Du haut de ses talons, Evie dévisagea son amie, un rire tremblant sur ses lèvres carmin :

— C'était une image chérie, faut pas tout prendre au pied de la lettre...

Les deux jeunes femmes se regardèrent avant d'éclater d'un même rire, qui se répercuta sous le toit de l'atelier, dérangeant un loir bougon cherchant à hiberner dans le grenier.

— Et puis, vois le bon côté de la situation : Charline va pouvoir rencontrer son père, d'accord, ce n'est pas l'idéal, mais ni toi ni elle ne vivrez plus dans le mensonge, non ?

Félix hocha la tête, puis fit dans un sourire un peu tremblant :

— Tu as raison... elle doit savoir la vérité. Nous en avons discuté toutes les deux et nous avons prévu d'aller lui rendre visite samedi prochain. Elle m'a dit qu'elle n'aurait pas peur, du moment que Lowen est avec nous. Donc il nous accompagnera, mais il ne viendra pas au parloir, faut pas pousser ! Et puis, Bastien s'est un peu, je dis bien un peu, réhabilité en allant lui-même se présenter à la gendarmerie. Je ne peux pas lui pardonner, ni pour ce qu'il nous a fait à Charline et moi ni pour ce qu'il a fait à Lowen. Néanmoins, nous devons avancer...

Les deux amies se dévisagèrent, se comprenant sans un mot, malgré leurs différences, malgré tout. Là-haut, le loir se ramassa en boule dans son nid confortable, installé dans un vieux sommier oublié, il ferma résolument les yeux, ignorant le monde alentour.

Rien n'était parfait, mais on pouvait s'en arranger...

Novembre 2018

Remerciements

Voici la partie la plus ardue d'un livre, celle où je voudrai crier partout combien je suis chanceuse d'être aussi entourée, d'avoir tant de personnes qui soient là, à me soutenir !

Promis, je vais m'efforcer de faire dans le sobre, ce n'est pas gagné, soyez indulgent. Ce que je voudrai dire, un peu maladroitement, c'est un énorme merci à tous ceux qui sont là, jour après jour, pour me soutenir, ceux qui le font en achetant mes livres, ceux qui croient en moi avec une affection inébranlable, celles et ceux qui allègent les journées avec un éclat de rire, celles qui parviennent à survivre à ma conception de l'orthographe un peu trop personnalisée, bref vous tous qui jour après jour êtes à mes côtés.

Dédicace spéciale à mon chéri, mes poilus, ma complice Jeanne, l'incroyable Towani, mes copines de papotes (vous vous reconnaîtrez hein !) et bien évidemment ma maman…

Sans vous tous, cet énième roman n'aurait pas le même sel, la même intensité. Merci aussi à Sabaton dont l'album The Last Stand, a bercé en boucle mon écriture.

Merci aussi à Aglaé, mon oie, qui débarqua dans ma vie le jour de mes 20 ans, dont le souvenir m'accompagne encore. Gladiator est un hommage à cette incroyable amitié…

Merci à tous d'être là !

Avant de vous laisser, encore un mot : n'hésitez pas à mettre des commentaires sur diverses plateformes, en effet parler d'un livre c'est le soutenir, c'est encourager un auteur que croire en lui et c'est aussi contribuer à la pluralité éditoriale.

Alors n'hésitez pas et commentez !

Merci d'avance

Isabelle Morot-Sir, République Tchèque
https://www.isabelle-morot-sir.com
Texte protégé, toute reproduction réservée
Couverture : Towani
Mise en forme : Jeanne Sélène
Illustration CC0 : Clker-Free-Vector-Images
Imprimé via KDP
Dépôt légal : deuxième trimestre 2019
ISBN : 979-10-96202-49-2